笹に願いを！
～子ぎつね稲荷と
『たなばたキッチン』
はじめました～

遠坂カナレ

この作品はフィクションです。
実在の人物・団体・事件などに
一切関係ありません。

笹に願いを！

子ぎつね稲荷と『たなばたキッチン』はじめました

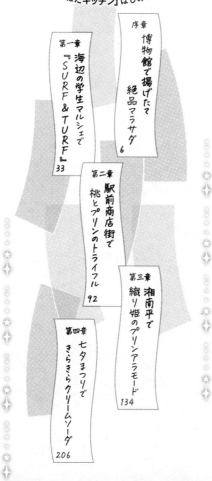

笹に願いを！

～子ぎつね稲荷と
『たなばたキッチン』
はじめました～

序章　博物館で揚げたて絶品マラサダ

ひさびさに足を踏み入れた、地元の博物館。

平日の朝ということもあって、しんと静まりかえっている。

懐かしさを感じながら、館内を見渡すと、エントランスに飾られているはずの有名な展示物、『枯れない笹』がどこにも見当たらなかった。

不思議に思い、近くにいる職員に尋ねてみる。

「すみません、僕、博物館前の広場で、今日からフードトラックを営業することになった川瀬《かわせ》歩《あゆむ》といいます。開店のごあいさつにお邪魔したのですが……。エントランスにあった『枯れない笹』って、どこかに移動したんですか」

「ああ、あの笹はね……」

周囲を見渡し、僕たち以外、誰もいないことを確認すると、『坂間《さかま》』と書かれた名札をつけた職員は、小声で教えてくれた。

二十五歳の僕より、少し年上だろうか。ひょろりと背が高く、眼鏡をかけたやさしそうな雰囲気の青年だ。

「実は、枯れかけているんだ」

「えっ、あの笹って、もう何十年も、枯れていないんですよね」

「そうなんだけど、去年の秋くらいから、突然、枯れ始めてね……」

「こんなに長いこと枯れずにいたのに。どうして、いきなり枯れ始めたんですか」

僕の問いに、坂間さんは力なく首を振る。

「わからないから、困っているんだよ。専門家に見てもらったけれど、どうにもならなくてね。今週いっぱいようすを見て、それでもダメなら、一部を研究用に採取した後、廃棄することになっているんだ」

「あの笹を捨てるなんて……。お願いです。最後に一度だけ、見せていただけませんか。あの笹に、どうしてもお礼をいいたいんです」

考え込むような表情をした後、坂間さんはゆっくりとうなずいた。

「わかったよ。おいで」

例の笹は、一般来場者が入ることのできない収蔵庫にあるのだそうだ。

坂間さんの案内で、スタッフ以外立ち入り禁止のバックヤードに向かう。

ずらりと収納棚の並んだ、天井の高い、窓のない部屋。その片隅に、あの笹は置かれていた。

「ほんとに、枯れてる……」

初めて見たときからずっと変わらず、青々とした葉を茂らせていたのに。

目の前の笹は生気を失い、ぐったりとうなだれた葉が、茶色く変色している。

伐採した笹は、数日で枯れるもの。

頭ではわかっているけれど、毎年、七夕まつりで元気な姿を見せてくれていた特別な笹の変わり果てた姿に、ショックを受けずにはいられなかった。

「触れてみても、いいですか」

「いいよ。あ、ごめん。呼び出しだ。すぐ戻ってくるから、ちょっとここで待ってて」

スマホを手に、坂間さんは慌ただしく収蔵庫を飛び出してゆく。

ひとり残された僕は、枯れた笹にそっと触れ、乾いたその感触に、泣きたい気持ちになった。

気づけば、祈っていた。

神さまなんて信じていないけれど、祈らずにはいられない。

目を閉じて両手を合わせ、精いっぱい心をこめて祈る。

「どうか、笹が元気を取り戻しますように。捨てられずに、すみますように」

ふいに、ガサガサっと笹の揺れる音がした。

慌てて目を開くと、笹の葉の狭間から、にょきっとぷくぷくのちいさな獣《けもの》の前足が突き出してくる。

「かいて！」

愛らしい子どもの声でねだられた。

声は、笹の奥から聞こえてきたみたいだ。目をこらしてみたけれど、室内が薄暗いせいで、笹の葉の向こう側は、よく見えない。

「書く？　なにを……？」

おそるおそる尋ねると、「ねがいごと！」と返ってきた。

もうひとつ、短冊の載った、ちいさな獣の前足が突き出される。

この短冊に、願いごとを書けということなのだろうか。

戸惑いながらも、おそるおそる短冊を受け取る。

エプロンのポケットに差してあるペンを使って、僕は願いごとを書いた。

『枯れない笹が、元気を取り戻しますように』

書き終わり、ペンをしまおうとしたとき、なにかが笹からぴょこっと飛び出してきた。

「うわっ、な、なんだっ……!?」

黄金色の毛に覆われた、大きなしっぽの生えた、ちいさな獣。

きつねだろうか。勢いよく飛び出してきたそれは、僕の手にがぶりとかぶりつく。

痛みを覚悟したけれど、あまり痛くなかった。僕の手から短冊をぶんどるようにして、子ぎつねはちいさな口で、あむあむと食べ始める。

「わ、ダメだって。そんなの食べたら、おなか壊しちゃうよ！」

止めようとしたけれど、遅かった。短冊をこくんと飲み込み、子ぎつねはビー玉みたいにきれいな翡翠色《ひすいいろ》の、つぶらな瞳で僕を見上げる。

そして、ぎゅるぎゅるぐーと盛大な腹の音を響かせ、こてん、と床に倒れてしまった。

「だ、大丈夫っ⁉」

慌てて駆け寄り、抱き起こそうとした僕の手に、濡れた鼻を押しつけてくる。

弱々しい声で啼くと、食べ物をねだるヒナみたいに、ぱくぱくと口を動かした。

「きゅー……」

「おなかが減ってるの？」

僕の問いに、かすかにうなずく。

枯れない笹が見当たらないことに動揺して、すっかり本来の目的を忘れていたけれど。

僕がこの博物館にやってきたのは、開店のあいさつのためだ。

店の魅力を伝えようと思い、ポルトガル生まれでハワイの定番おやつ、サーファーの多い湘南エリアでも密《ひそ》かな人気を集めている揚げパン、『マラサダ』をたくさん持ってきた。

きつねは雑食だと聞いたことがあるけれど、さすがに砂糖のかかった揚げパンは、あげないほうがよさそうだ。

僕は手にしたかごいっぱいのマラサダと子ぎつねを見比べ、さりげなくかごを子ぎつねから遠ざけた。

「ちょっと待っててよ。なにか、きみが食べられそうなもの、取ってくるから」

収蔵庫の外に出ようとした僕を追うように、子ぎつねも、ふらりと起き上がった。

ちんまりとした四本の足でよろよろと歩き、吸い寄せられるように近づいてくる。

そして、またもや『ぎゅるぎゅるぐー』と巨大な腹の音を響かせた。

ちいさな身体のどこからそんな音が出るのか不思議になるくらい、とてつもなく大きな音だ。

じーっと僕を見上げると、子ぎつねは突然ジャンプして、僕の腕に体当たりした。

「うわっ！」

ちいさいのに、ものすごく力が強い。思わずかごを落とした僕に後ろ足で蹴りを入れ、子ぎつねはかごに飛びついた。

「あ、こら、それは……っ」

止める間もなく、紙袋を器用に鼻先でこじ開け、こんがり黄金色に揚がったマラサダに、ぱくっと食らいつく。

「うまー！」

かわいらしい雄《お》たけびをあげ、あっというまにマラサダを平らげる。

さらに袋をこじ開け、子ぎつねは二個目のマラサダも一瞬にして腹に収めた。

「きみ、今、『うまー』っていった？」

人間の声のように聞こえたけれど、気のせいだろうか。

子ぎつねは僕の問いかけを無視して、三個目のマラサダに、はむっとかぶりつく。

「はふっ、あったか、うまー！」

残りのマラサダをむぐっと口のなかに放り込み、ぴょこんと飛び跳ねた。

ぶるんと大きなしっぽが揺れ、まばゆい黄金色の光が放たれる。ぎゅっと目を閉じ、開いたときには、子ぎつねの姿は跡形もなく消えていた。

代わりに、濃紺の着物をまとった愛らしい幼児がちょこんと床に座っている。

ふわふわの薄茶色の髪に、翡翠色の瞳。淡く色づいたぷくぷくのほっぺ。

天使みたいにきれいな子だけれど、頭にはぴんと立った獣耳が生え、お尻からはにょっきりと大きなしっぽが生えている。

「きつねの、コスプレ……？」

目をこすり、まばたきをくり返す。見間違いかと思ったけれど、何度見ても獣耳もしっぽも生えたままだ。

おまけに、幼児の口のまわりはシナモンシュガーで汚れていて、ほっぺたにマラサダのかけらまでついている。

「きみ、もしかして……」

獣耳しっぽの生えた幼児は僕には見向きもせず、マラサダの入ったかごに手を伸ばす。ちいさな手でマラサダをつかむと、紙袋から取り出して両手で大事そうに握り、あむっと頬張った。

「うま、うまーっ。ふわっふわー、もちっもちー。ふわもっちー！」

謎の歌を歌いながら、幼児はくるんと一回転する。回転に合わせて、ぶるんと大きなしっぽが揺れた。

「これ、作り物、だよね……？　どういう仕組みで動いてるの……？」

気になってしっぽに触れると、「ひぁっ！」とちいさく悲鳴をあげて、幼児はしっぽを僕から遠ざける。

「しっぽなでなで、めーっ！」

しっぽは触るな、ということだろうか。

「耳なら、触ってもいい……？」

ぴくぴくと動く耳も、どう見ても作り物には見えない精巧さだ。

しゃがみこみ、そっと耳に触れようとして、顔面に思いきり体当たりされた。

「うわっ……！」

ちいさいのに、とてつもなく力が強い。

吹っ飛ばされて床に転がった僕に、幼児はちょこちょこと駆け寄ってきた。

「だいじょぶ？」

瞳を潤ませ、心配そうな顔で、幼児は僕をのぞき込む。

「大丈夫。だけど、心配そうな顔に体当たりするのは、よくないよ」

心配してくれているということは、悪気はなかったのだろう。

むしろ、勝手にしっぽや耳に触れようとした僕が悪い。

「いきなり触ろうとして、ごめんね」と謝罪しながら、僕はゆっくりと身体を起こした。

「みみ、しっぽ、だいじだいじ。さわらせちゃだめって、いなりさま、いうの」

「いなりさま……？」

「いなりさま、おうち」と、幼児はぷくぷくの指でむいっと笹を指さした。

「いなりさまのおうち？　あの笹が？」

じっと僕を見上げ、幼児は、こくんとうなずく。

うなずくたびに頭の上の獣耳がぴこぴこ揺れて、なんだかとても愛らしい。

「『いなりさま』って、もしかして、お稲荷《いなり》さんのこと？」

ぴょこんと飛び跳ね、幼児はこくこくと何度もうなずいた。

首の動きに合わせて、獣耳だけでなく、しっぽも大きく揺れる。やはり何度見ても、作り物には見えなかった。

「いなりさま、すごいかみさま。みんなのねがい、かなえるのー」

本物そっくりな獣耳やしっぽの生えた幼児に、願いを叶える稲荷神。

夢を見ているのだろうか。不安になって、思いきり頬をつねってみる。

「痛っ……！」

うめき声を上げずにはいられないほど、頬はじんじんと痛かった。

「ほぁっ、いたいたい、かわいそなのー」

ぴょこぴょこと飛び跳ね、幼児はちいさな手のひらで、僕の頬をなでようとする。

「大丈夫だよ、ありがと」

何度も何度も、いっしょうけんめいジャンプし続ける幼児のやさしさに、思わず笑みがこぼれる。

「そんなことより、きみ、どうやってここに入って来たの？　立ち入り禁止だよね」

僕の問いに、幼児はきょとんとした顔で首をかしげる。

『そのきつねは、我《われ》の眷属《けんぞく》だ。どこかから入って来たわけではない。常に我のそばにおるのだ』

笹のほうから声が聞こえた。ものすごく偉《えら》そうな口調だけど、子どもっぽい高い声だ。

「誰……？　この子以外にも、誰かいるの？」

立ち上がり、笹の葉の向こうをのぞき込もうとした僕を突き飛ばすようにして、幼児がてとてとっと笹に駆け寄った。

「いなりさま!」

ぎゅうっと笹に抱きつき、幼児は叫ぶ。

「いなりさま? この笹がいなりさまなの……?」

僕の問いに、幼児は振り返ってふるふると首を振った。

「ちがうー。ささ、いなりさまの、おうち」

耳としっぽを揺らし、幼児は舌っ足らずに否定する。

「おそらから、こわいこわい、いっぱいきて、おやしろ、ないないしたの」

「こわいこわい……?」

こくっとうなずき、幼児は真剣な表情で僕を見上げた。

「みみ、いたいいたいなったの。けむり、もくもく、あちあち、こわかったの」

身ぶり手ぶりを交え、いっしょうけんめいなにかを伝えようとしているけれど、なにを伝えたいのか、いまいちよくわからない。

『空襲《くうしゅう》で、我の祀《まつ》られていた社が燃えたのだ。跡形もなく、燃え尽きてしまった』

笹のほうから、また声が聞こえてきた。

「空襲……。平塚《ひらつか》の大空襲のことかな」

『ああ、そうだ。社のまわりにはたくさんの笹が生えておってな、そのうちの一本に、我は眷属のきつねと供に逃げ込んだのだ。社と比べたら居心地がよいとは言い難いが、背に腹は代えられぬからな』

「神さまが、この笹に……？　もしかして、そのせいで、この笹は伐採《ばっさい》されても枯れずに元気だったの？」

神さまとか眷属とか、正直、まったく信じることができない。

けれども、実際にこの笹が地面に植わっているわけでもないのに、枯れることなく、ひたすら元気な姿を保ち続けていたことは事実なのだ。

伐採後、七十年以上、枯れないなんて、どう考えても普通じゃない。

『社を失えば、たいていの神はその存在を保てず、消えることになる。我ら神は、人々の願いを叶えることでしか、己《おのれ》の存在を保つことができぬからな』

淡々とした声が、笹から聞こえてくる。

本当に神さまなのだろうか。だとしたら、敬語で話しかけたほうがよいかもしれない。

「社が燃えてしまったのに、どうしてあなたは消えずにいられるのですか」

僕の問いに、ぶんぶんとしっぽを振って、幼児が元気いっぱい叫んだ。

「ささのおかげ！」

「この、枯れない笹のおかげで、稲荷神さまは存在を保てているの？」

こくんとうなずき、幼児は満面の笑みで、笹の葉を指さした。

「たなばた、たんざくいっぱい！　ねがいごと、いっぱいなるのー」

七夕まつりの期間になると、毎年、この笹はまつりの会場に飾られ、市民から集められた短冊がつるされることになる。

短冊に書かれた願いを叶えることで、稲荷神さまは社を失っても、消えることなく、変わらず存在を保ち続けることができていたのだそうだ。

「でも――」

しょんぼりと耳としっぽを垂れ、幼児は瞳を潤ませる。

「たなばた、ずっとないのー。たんざく、ないない。いなりさま、よわよわ」

年に一度、欠かさず行われていた七夕まつり。二年連続で中止になってしまった。

そのため、もう三年近く、この笹には願いごとをしたためた短冊がぶら下げられていないのだ。

「もしかして……そのせいで、笹が枯れかけているの？」

今にも泣き出しそうな顔で、幼児はうなずいた。

「ささ、かれると、いなりさま、きえちゃう」

葉はすべて茶色だが、笹の稈《かん》自体はまだ緑色だ。すべてが枯れたとき、神さまの命も尽きてしまうのかもしれない。

「社から笹に避難したときみたいに、また、別のものに移るわけにはいかないんですか。

別の笹に引っ越すとか」

　幼児は無言のまま、ふるふると首を振る。

　笹のほうから、ため息交じりに子どもの声が聞こえてきた。

『早いうちにそうしておればよかったのだが。今の我には、他のものに移るだけの力が残っておらぬのだ』

　幼児の瞳から、ぽろぽろと大粒の涙が溢れる。

「たすけて。いなりさま、たすけてほしいの！」

　ぎゅっと僕の足にしがみつく幼児の涙が、じんわりとズボンを濡らした。

「助けるって、どうやって？」

「たんざく、いなりさまのごはん。たんざくいっぱい、いなりさま、げんきなるの」

「短冊に願いごとを書いてぶら下げれば、稲荷神さまが元気になるってこと？」

　僕の足にしがみついたまま、幼児はこくこくとうなずく。

　だから、先刻、子ぎつねは僕に短冊に願いを書くよう、求めてきたのか。

　笹の葉に宿る稲荷神さまとか、獣耳しっぽの眷属とか、理解が追いつかないけれど。こんなふうに必死で頼まれると、放っておくわけにはいかない。

　せめて目の前のこの子の涙を、止めてあげられたらいいと思う。

「わかった。僕がたくさん書いてあげるよ。短冊、まだ持ってる？」

困ったように、幼児は首を振る。

「ねがいごと、ひとり、ひとつ。たくさん、だめなのー」

僕の足から離れ、背伸びをするようにして、幼児は笹の上のほうを指さす。

そこには子ぎつねに食べられてしまったはずの、僕の書いた短冊がぶら下がっていた。

短冊の色は金色に変わっているけれど、書かれている願いごとは一語一句違わず、筆跡も間違いなく僕のものだ。

「子ぎつねが食べたはずなのに。どうして……」

困惑する僕に、幼児がにこっと笑顔を向けてくる。

「たんざく、もぐもぐ。いなりさまに、とどくのー」

あむあむ、となにかを食べるように口を動かし、幼児は笹につるされた短冊を指さした。

信じられず、何度も目を瞬いて短冊と幼児を見比べる。

すると、収蔵庫の扉が開き、博物館の職員、坂間さんが慌ただしく駆け込んできた。

「ごめん。待たせたね。あれ、どうしたの、それ」

床に散らばったマラサダを、坂間さんは指さす。

「えっと、これは子ぎつねに――」

足元に視線を向けたけれど、なぜかそこには獣耳しっぽつきの幼児がいなかった。

「あれ、どこに……」

周囲を見渡しても、どこにもいない。

「いなりさま。あの子、どこにいったんですか」

笹に向かって問いかけてみたけれど、なんの返事もない。

「いなりさま……？　きみ、誰に向かって話しかけているんだい」

怪訝《けげん》な顔をされ、僕は慌てて口をつぐんだ。

子ぎつねが喋ったとか、獣耳しっぽの幼児にマラサダを食べられたとか、笹から声が聞こえたとか。そんなことをいえば、きっとおかしな人間だと思われてしまうだろう。

「呼び出し、大丈夫だったんですか」

「ああ、大丈夫だよ。ごめんね、長いこと待たせて。お別れは済んだかい」

坂間さんに問われ、僕は枯れかけた笹を見上げる。

もしかしたら、今のは全部、幻《まぼろし》だったのだろうか。

子ぎつねも、獣耳しっぽの幼児も、稲荷神さまも。僕の生み出した妄想《もうそう》なのだろうか。

いや……そうじゃない。

見上げると、笹の上のほうに、ちゃんと僕の書いた短冊がぶら下がっているのが見える。

短冊なんて、僕は持ち歩いていないし、あんな高いところ、脚立がなければ届かない。

「あのっ……この笹、このままだと捨てることになっちゃうんですよね」

「ずっとここに保管しておくわけにもいかないからね」

幼児や稲荷神さまのいっていたことが本当なら、このまま放っておけば、笹は廃棄され、稲荷神さまも消えてしまうことになる。

そんなの、嫌だ。なんとかして救い出したい。

「この笹って、七夕まつり以外は、ずっと屋内にしまいっぱなしなんですか」

「そうだけど、どうして」

不思議そうな顔をされ、ぎゅっと拳を握りしめる。

うそを吐くのは苦手だ。いつもたいてい、すぐに見破られてしまう。

それでも、吐かなくちゃいけない。この笹を救うために、説得しなくちゃ。

声が震えそうになって、必死でこらえる。ちいさく深呼吸して、僕は口を開いた。

「植物って、光合成して必要な有機物を作り出すんですよね。太陽の光を長いこと浴びていないと、弱ってしまうんじゃないですか」

坂間さんは、ポカンとした顔で僕を見る。

「いや、そりゃね。ちゃんと生きているうちは、もちろん、水や光が必要だよ。だけど、この笹は七十年以上前に伐採されているんだ。もう生きていないんだよ。そんな笹に太陽の光を当てたって、なんの意味もないよ」

「生きていなかったら、とっくに枯れているはずですよね。生きているんですよ、この笹は。生きているから、光が必要なんです。太陽の光を当てたら、元気を取り戻すかもしれませんよ」

　ちいさくため息を吐き、坂間さんは僕を残念な生き物を見るような目で眺めた。

「あのね、きみ――」

　反論の言葉をさえぎり、ぐっと身を乗り出す。

「二週間でいい。二週間だけ、僕にこの笹を任せてくれませんか。営業時間中、店の傍《かたわ》らに飾って、夕方になったら返します。僕にこの笹を託してください。しっかり太陽の光を浴びさせて、復活させてみせますから」

　あきれた顔で僕を見ると、坂間さんは肩をすぼめるようにして、深いため息を吐いた。

「いろんな専門家の先生に見てもらったんだ。それでも、枯れるのを止められなかったんだよ。それに、笹は直射日光に弱くて、日陰のほうがきれいに育つ植物なんだ。今さら、素人《しろうと》のきみになにができるっていうんだい」

「できるかどうか、二週間だけ試させてほしいんですっ。お願いします！」

　大きな声で叫び、床に膝をつく。土下座しようとした僕を、坂間さんは慌てて止めた。

「そんなこと、しなくていい。気持ちはわかるよ。なんとかして、この笹を救いたいんだって。僕らだって、そう思ったさ。だけどね――」

「お願いしますっ！」

　坂間さんが止めるのを聞かず、僕は再度、床に膝をつく。

「わかったよ。そんなにいうのなら、二週間だけ、きみの熱意に賭けてみよう」

頭上にやさしい声が降ってきた。

「いいから、頭を上げなよ。土下座《どげざ》なんて、軽々しくするものじゃない」

腕をつかんで引き上げられ、深々と頭を下げる。

「ありがとうございますっ」

「別に、礼なんていわなくていい。だけど、きみ、どうしてそんなに、この笹にこだわるんだい」

「いったら、笑うと思います」

「笑わないよ。この笹に願いを叶えてもらった人の話、何度も聞いたことがあるんだ」

目を細め、坂間さんは笹を見上げる。

「元気になるといいね」といって、博物館の外まで笹を運ぶのを手伝ってくれた。

博物館から借りてきたスタンドを使って、フードトラックの脇に笹を飾る。

「稲荷神さま」

周囲に人がいないのを確認してから、笹に向かって話しかけると、『なんだ』と偉そうな声が返ってきた。

ガサガサッと笹が揺れて、ぴょこんと獣耳の生えた幼児が飛び出してくる。

幼児は僕を見上げると、にこっとほほ笑んだ。

「おはな、きれい。おそと、すき！」

ふわりとやさしい風が吹き、はらはらと桜の花びらが舞い降りてくる。

美しい桜吹雪の下で、幼児はくるくると回りながら踊った。大きなしっぽがぶんぶん揺れて、とても楽しそうだ。

「きみ、名前はなんていうの？」

回り続けていた幼児が、ぴたりと足を止める。

「なまえ？」

きょとんとした顔で、僕を見上げた。

『名前など、ない。これは、我の眷属だ』

幼児ではなく、笹のほうから声が聞こえてきた。

「眷属には、名前をつけない決まりなんですか」

『決まりというわけではないが、必要のないものだからな』

僕と笹を見比べ、幼児は首をかしげる。

「ないと不便ですよ。もし本当にないのなら、なにか、名前をつけてもいいですか」

僕の問いに、稲荷神さまはそっけなく答えた。

『その必要はない』

相変わらず、とてつもなく偉そうな話し方だ。声はかわいらしい少年の声なのに。なんだかちぐはぐな感じだ。

「必要かどうかは、僕が決めます」

『勝手なことをするな』

険しい口調で、稲荷神さまは僕をけん制する。だけど声が高いせいで、ちっとも威圧的に感じない。

「なまえ……おいしい？」

きらきらと瞳を輝かせ、幼児が僕を見上げる。

「名前は、食べ物じゃないよ。人やものを呼ぶとき、便利な言葉。たとえばこの揚げパンには、『マラサダ』って名前がある」

「まさらー。すき！」

ぴょこんと飛び跳ね、幼児は叫ぶ。

「マラサダ、だよ」

「まらただ！」

「ま、ら、さ、だ」

「ま、ら、さ、ら！」

「マラサダ。ちなみに、僕の名前は『あゆむ』だ」

僕の名前のほうが、いいやすいかもしれない。そう思ったのに。

「むー！」

あゆむのあゆ、は、どこかに消えてしまった。

「むー！　むー！」と、幼児はぴょこぴょこ飛び跳ねながら、くり返す。

「きみにも名前があったほうが、いいと思うんだ」

二週間、この笹をここに置けば、この子もフードトラックの近くにいることになるのだろう。その間、ずっと名無しのままでは、いろいろと不便だと思う。

「きみ、男の子？　女の子」

「のこ……？」

不思議そうな顔で、幼児は僕を見上げる。

『そのきつねは、オスだ』

幼児の代わりに、稲荷神さまが教えてくれた。

「男の子か。んー……。『コン太』って名前、どうかな」

「こんたって？」

「ううん、『コン太』」

「うーん」

下品な言葉になりそうだったので、慌てて幼児の口をふさぐ。

「こ、んた」

きょとんと首をかしげた後、獣耳の幼児は、にこっと愛らしい笑顔を浮かべた。

「こんた！」

「そう、コン太。今から、きみのことを『コン太』って呼んでもいいかな」

「こんた！　こんた！　こんたった！」

ベタな名前だけど、気に入ってくれたのかもしれない。

謎の歌を歌いながら、コン太はくるくると回り始める。

「あまり回りすぎると、目が回っちゃうよ、コン太」

止めようとした僕の手をつかみ、コン太はさらにぐるぐると回ろうとした。

「わ、ちょっと待って。待ってってば……！」

僕の膝くらいまでしかないのに。コン太はとても力が強い。

中腰の姿勢のまま、コン太といっしょに回る羽目になった。

あまりにも回りすぎて、子どものころ、遊園地のコーヒーカップに乗ったときみたいな気分になる。

ようやく解放されたときには、景色がぐるぐる回って、まともに立っていられなくなってしまった。

情けなくその場にへたり込んだ僕に、コン太は勢いよく飛びかかってくる。

よろめきながら抱きとめると、「むー！」と名前を呼ばれた。

「あゆむ、だよ」

「むー！」

何度いっても直らないから、諦めて好きなように呼ばせることにする。

「コン太。なんとか二週間、猶予をもらえたよ。その間に願いごとを書いてくれる人を探そう。たくさん願いごとを集めて、稲荷神さまを助けるんだ」

「たすけるのー！」

ちいさな拳を空に向かってめいっぱい突き出し、コン太は「おーっ」と愛らしい雄たけびをあげる。

ぶんぶんとしっぽが揺れて、勇ましく決意を表明しているかのようだ。

「よし、そうと決まったら——まずは、その耳としっぽを隠さないとな」

コスプレだと主張するには、コン太の耳としっぽはリアルすぎる。

それに、この年頃の子どもが、お祭りでもないのに着物姿というのも、ちょっと不自然に見えるだろう。

フードつきのパーカーと、しっぽの隠せそうな大きめのズボン。

自然に見える服を、着せてあげたほうがいいと思う。

幸いなことに、すぐ近くに大型のショッピングモールがある。あのモールのなかなら、子ども服を扱っている店もいくつかあるはずだ。

「コン太の服を買ってこようと思うんですが、稲荷神さまも、洋服、要りますか」

コン太が着物姿ということは、稲荷神さまも着物を着ている可能性が高い。

力を取り戻して笹から出てこられるようになったときに備えて、洋服を用意しておいたほうがよいのではないだろうか。

『要らぬ。だいたい、お前たちは本気で、我を救えると思っておるのか』

冷ややかな声で問われ、コン太はぴたっと足を止める。

ちいさな拳を握りしめ、唇を噛みしめたコン太が不憫で、僕はそっとその髪をなでた。

耳に触るとよくないから、触れないよう、細心の注意を払う。

「ふみゃぁ……」

気持ちよさそうに目を細め、コン太は涙のたまった瞳で僕を見上げた。

「救ってみせます。この店を繁盛させれば、短冊を書いてくれる人もたくさん現れるかもしれない。そのためにも、精いっぱい、おいしい料理を作ります！」

「おいしいりょうり……」

半開きになった口から、コン太がよだれを垂らす。

ぎゅるぎゅるぐーと盛大な腹の音が響いた。

「はらぺこ、ぺこー！」

「えっ、さっきあんなにたくさん、マラサダを食べたのに!?」

マラサダに手を伸ばしたコン太から、慌ててかごを遠ざける。

「まらだらー！」

「だめ。これはさっき床に落ちちゃったやつだし、マラサダは揚げ物だから、たくさん食べると身体によくないんだ。コン太はちっちゃいから、一日一個まで！」

「まららら－！」

思いきり飛びかかってきたコン太から、かごに覆いかぶさるようにして、なんとかマラサダを死守する。

「今から、おいしいごはんを作ってあげるから。マラサダはまた明日！」

「やー！　まららら！　まららら、すきー！」

ものすごい勢いでかごに体当たりし、コン太は袋ごとマラサダにかぶりつく。

「あ、こら、ダメだって！」

どんなに止めても無駄だった。

ぺっと器用に袋を吐き捨て、コン太はあむあむとマラサダを頬張《ほおば》る。

「ほぁ、あったか、ないない……」

しょんぼりと耳としっぽを垂らし、コン太は瞳を潤ませた。

「あのね、マラサダは揚げたてを食べるのが、いちばんおいしいんだ。今日、我慢して別のごはんを食べたら、明日、また揚げたてほかほかの、絶品マラサダを作ってあげるよ」

「ほかほか、でっぴん！」

ぴこーんと獣耳を立て、ぴょこぴょこと飛び跳ねて、コン太は大喜びする。

そのすきにマラサダの入ったかごを車内に隠し、僕はコン太を抱き上げた。

「買い物、コン太もいっしょに行く？」

「いくー！」

車内には、僕のパーカーがある。ぶかぶかだけれど、それを羽織らせて、耳としっぽを隠し、抱っこして連れて行くことにした。

試着をさせないと、この年頃の子どもの服のサイズなんて、僕にはさっぱりわからない。

「じゃ、行ってきます。この笹と稲荷神さまのこと、必ず救ってみせますから！」

「すくうのー！」

僕とコン太は稲荷神さまに宣言し、ショッピングモールへと向かった。

第一章　海辺の学生マルシェで『SURF《サーフ》&《アンド》TURF《ターフ》』

フライヤーに衣《ころも》をつけた魚の切り身を投下すると、ジュッと小気味《こきみ》よい音がする。

ふわりと香ばしい匂いが漂い、コン太は翡翠色の瞳を大きく見開いた。

「ほぁ、おいしそ！」

決して広いとは言い難い、フードトラックの厨房スペース。

ふらふらと吸い寄せられるように、コン太はフライヤーに近づいてくる。

「あちあちだから、それ以上近づいたら危険だよ。じっとおりこうにしていたら、揚げたてを味見させてあげる」

僕の言葉に、コン太はぴたりと動きを止めた。

「じーっ。じーっ……」

何度もつぶやきながら、今にもよだれを垂らしそうな顔でこちらを見つめている。

中途半端に手と足を出した状態で、動力の切れたロボットみたいに固まって、フライヤーを凝視するコン太の姿に、僕は思わず吹き出してしまった。

『たなばたキッチン』営業初日。

図書館や博物館、美術館や警察署など、複数の公共施設に隣接する抜群の立地のおかげで、開店と同時に幾人ものお客さんに足を運んでもらうことができた。

長引く不況で経営悪化に苦しむ市内の飲食店を救うため、平塚市が企画した『たなばたフードトラック事業』。

公募に当選した事業者は、格安でフードトラックを借り、市のイベントに出店したり、市内の公園等で営業を行うことができる。

先行きの不透明な昨今。人通りの多い場所に、手軽に立ち寄れるテイクアウト中心の店を出店できるのは、とてもありがたい。

「平塚産のマヒマヒ？　ハワイの魚が、日本で獲れるの？」

図書館帰りとおぼしき、本のたくさん入ったバッグを提げた女性が、カウンター越しに話しかけてくる。

クリームソーダみたいな淡いエメラルドグリーンに塗られた車体に、ヴィンテージのサーフボードを再利用したメニュー表。

控えめな音量でゆったりとしたサーフミュージックの流れるこのフードトラックは、オーナーいわく、海辺の街のレトロな喫茶店をイメージしているのだそうだ。

かわいらしい見た目のせいか、広場を通り抜ける女性たちが次々と足を止め、ようすを見に来てくれた。

「ハワイでは高級魚として大人気だそうですね。日本ではシイラと呼ばれていて、あまり流通していないんですけど。実は平塚は、おいしいシイラがよく獲れるんですよ」

この店のランチメニューの目玉は、ハンバーグやえびフライ、ナポリタンやオムライスなど洋食の定番メニューを盛り合わせた『大人さまランチ』と、地元の食材をふんだんに使った、『たなばた日替わりプレート』だ。

初日の今日は、地元食材のなかでも個人的に推している平塚産のシイラを、日替わりプレートのメインに据えた。平塚産シイラの旬は、七月から十月。旬の時期にはまだ早いけれど、特別に仕入れさせてもらったものだ。

「あっさりと上品な味わいで、タルタルソースとすごく相性がいいんです」

「じゃあ、日替わりをいただこうかしら。十一時前だけど。ランチ、もう頼めるの？」

「もちろんです。すぐご用意しますね」

カリッと揚がったマヒマヒのフライをプレートに盛りつけ、地元野菜で作ったピクルス入りの自家製タルタルソースをたっぷりかける。

すると、背後から、ものすごく熱烈な視線を感じた。

「コン太。ちょっと待ってて。コン太にもすぐあげるからね」

「あら、かわいい子ね。弟さん？」

カウンター越しに、女性客がコン太に、にっこりと笑顔を向ける。

「おとーと……？」

きょとんと首をかしげたコン太に変わって、僕は答えた。

「親戚の子を預かっているんです」

「ボク、いくつ？」

女性客に問われ、コン太はポカンと口を開く。

「えっと……この子は三歳です！」

空襲のときにはすでに稲荷神さまのそばにいたようだし、実際には何十年も生きていることになるけれど。コン太の見た目も中身も、僕よりずっと長生きしているなんて、到底思えない。

『八十歳を超えています』なんて答えたら、きっとふざけていると思われるだろう。

「かわいい盛りねぇ。うらやましいわ。ウチの子、ちっとも結婚する気配がなくて。当分孫の顔を拝めそうにないの。来年は幼稚園？　それとも保育園かしら」

どうしよう。これ以上、細かいことを突っ込まれたら、ボロが出てしまいそうだ。

不安になったそのとき、女性客の後ろに並んだ年配の男性が声をかけてきた。

「ほう。『大人さまランチ』だって？　年齢制限はあるのかね。お子さまランチは、『何歳まで』と書かれていたりするだろう」

「何歳の方でもご注文いただけますよ。こういうのって、お店だとなんとなく頼みづらい方もいらっしゃると思うんですけど。家でゆっくり食べられるプレートランチなら、人目を気にせず、どなたにも楽しんでいただけるんじゃないかな、って思ったんです」

昨今はお子さまランチを大人向けサイズにした『大人さまランチ』を扱っている店も多いけれど。実際に頼もうと思うと、やはり少し人目が気になってしまう。

特に年配の男性だと、気になる人も多いのではないだろうか。

「じゃあ、こちらをいただこうかな」

「ありがとうございますっ」

列ができていると、足を止めてもらいやすいのだと思う。

ランチの時間にはまだ少し早いけれど、さらに数名、お客さんが並んでくれた。

「あら、すごい人気ね。あんまり長居して、お邪魔しちゃ悪いわ。ボク、またね」

コン太に手を振って、女性客が去ってゆく。コン太はにこっと笑って手を振り返した。

「むー、あじみ」

「ごめん。ちょっと待ってて。並んでいるお客さんの分を作ったら、すぐに用意してあげるね」

大人さまランチ。日替わりたなばたプレート。ハンバーグプレートに、かにクリームコロッケとオムライス。続々と注文が舞い込んできて、コン太の味見分を作ってあげる余裕がなくなってしまう。

「むー。うそつき！」

ふてくされたコン太は、ぱくっと揚げたてのえびフライにかぶりついた。

「わ、ダメだって、コン太。やけどするよ！」

「ほぁっ、あちあち！」

涙目になって、コン太は悲鳴をあげる。

「ほら、冷たいの、飲みなよ。揚げ物はふうふうして、冷ましてから食べないと」

瞳を潤ませたまま、ごくごくと水を飲むと、コン太はしょんぼりと肩を落とした。

「ごめんね。味見させてあげるって約束したのに、約束を守らなかった僕が悪い。もう少しだけ待って。お昼休みが終わったら、落ち着くと思うから。それまでは、これを食べて、おりこうに待っていてね」

冷蔵庫から手作りのプリンを取り出す。

卵たっぷり。昔ながらのむっちりした固めのプリンだ。スプーンを手渡すと、コン太は瞳を輝かせてスプーンを放り投げ、大きく口を開いて直接プリンにかぶりついた。

「ふぁあああ、ひえひえ、うまー！」

やけどをした後だから、冷たいプリンが余計においしく感じるのかもしれない。あっという間に平らげ、「ほぁあああ」と感嘆のため息を漏らす。

「おりこうに待っていてくれたら、明日もプリンをあげるね」

「ぷりん……ゆめのたべもの……」

よっぽど気に入ったのだろう。コン太はゆらゆらと身体を揺すりながら、ぷりん、ぷりん、と熱に浮かされたようにつぶやき続けている。

今のうちだ。

コン太がプリンの余韻に浸っている間に、ランチタイムのラッシュを乗り切ろう。

「日替わりたなばたプレート、お願いします」

「フィッシュカツカレー、ひとつ」

十二時を境に、一気に行列が膨れ上がり、次々と注文が舞い込んでくる。

コン太がおとなしくしてくれていたおかげで、なんとか無事に乗り切ることができた。

「ごめんよ、コン太。おなかがすいただろう」

客足が途絶えたのは、十四時を回ったころだった。

ぎゅるるるぐーと盛大な腹の音を響かせ、コン太はおなかを押さえてうずくまる。

「おいで、コン太。昼ごはんだ」

密になりやすいランチタイム時には出さないようにしていたけれど。キッチンカーのそばに、折りたたみ式のテーブルとイスを出してもいいことになっている。

テーブルをセットして、コン太にも届くよう、イスの上にクッションを置く。コン太のためにちいさめに作ったマヒマヒのパン粉焼きとミニハンバーグ。コン太はむいっと両手をあげて、大喜びした。

「うまー！」

「食べる前から、おいしいの？」

「おいしそ、におい、するのー」

くんくんと匂いを嗅ぎ、コン太は手づかみで魚にかぶりつこうとする。

「スプーンを使ったほうがいいよ。手も顔もべたべたになっちゃうから」

箸《はし》だと難しすぎると思い、先割れスプーンを手渡す。苦戦しながらも、コン太は僕がひと口大に切ってあげた魚をスプーンですくって口に運んだ。

「ほぁ、さっくふわー！」

ぷにぷにのほっぺたが、桜色に染まる。

夢中になって食べるコン太を眺めながら、僕も同じものをひとくち頬張った。

このフードトラックの秘密兵器、スチームコンベクションオーブンで炙《あぶ》り焼きにした、マヒマヒの香草パン粉焼き。

さくさくのパン粉と、ふっくら焼き上がったマヒマヒを噛みしめると、爽やかな香草《こうそう》の香りとともに、口いっぱいに旨味《うまみ》が広がる。

くせのないさっぱりとした上品な味わいのおかげで、バジルとトマトを使ったフレッシュなソースとのバランスも絶妙で、こってり濃厚な料理が中心になりがちなレトロな喫茶店メニューのなかで、よい存在感を放ってくれそうだ。

揚げていないから、カロリーが気になるひとたちにも、安心してマヒマヒの魅力を楽しんでもらえるのではないだろうか。

「それにしても……なかなか、短冊を書いてもらえなかったね」

口のまわりにデミグラスソースとハンバーグのかけらをつけたコン太が、しょんぼりと肩を落とす。僕はハンドタオルで、コン太の口のまわりを拭ってやった。

ランチプレート作りに追われて手が離せない僕に変わって、コン太がいっしょうけんめい、短冊に願いごとを書くよう、頼んでくれた。

けれども、短い昼休みで急いでいるのか、あまり書いてくれる人がおらず、せっかく書いてくれても、黄金色にならないものばかりだった。

願いごとの書かれた短冊をコン太が食べることにより、稲荷神さまに願いが届く仕組みになっているのだそうだ。

稲荷神さまが『この願いを叶えよう』と決めたものは黄金色に輝く短冊になって笹にぶら下がり、それ以外のものは、食べられる前と同じ色のままで、笹にぶら下がる。

いくつか短冊が増えたけれど、黄金色のものは、今も僕の書いた短冊だけだ。

「せっかく願いごとを書いてもらえたのに。稲荷神さま、選《よ》り好みしすぎなのでは……」

思わずぼやいた僕に、『選り好みなどしておらぬ！』と険しい声が飛んできた。

相変わらず、口調はものすごく偉そうなのに。声変わり前の、子どもっぽい高い声だ。

風もないのに、さわさわと枯れた笹の葉が揺れる。葉ずれの音とともに、稲荷神さまは僕に問いかけた。

『先刻、子ぎつねが食べた短冊には「宝くじで一等が当たりますように」と書かれておった。たとえば、我がその願いを叶えたとする。すると、どうなる？』

「当たればうれしいんじゃないですかね。その人は、幸せになれますよね」

『当たった者は、幸せになるだろうな。だが、その者が当たりを引けば、本来当たるはずだった者は、外《はず》れくじを引くことになる。別の誰かを不幸にするような願いごとは、叶えるわけにはいかぬのだ』

盲点《もうてん》だった。

神さまに願いごとをするとき、自分やまわりの人が幸せになることだけを考えていた。

他の人がどうなるか、なんて。今まで考えたことがなかったのだ。

「じゃあ、商売繁盛とか、受験の合格を願うのもダメってことですか」

『ダメではないが、我が力を貸すわけにはいかぬのだ。他の神がどうかは知らぬが、我はそのような願いは叶えぬと決めておる』

きっぱりと言い切った稲荷神さまに、コン太がてとてとっと駆け寄る。

むぎゅーっと笹に抱きつき、コン太はぴょこぴょこ飛び跳ねた。

「いなりさま、いいかみさまなのー!」

確かに。事情を聞くと、意地悪で選り好みをしているわけではないと理解できる。

けれど、誰も不幸にしない願いごとなんて、なかなか存在しない。このままでは、誰の願いごとも叶えられないまま、廃棄の運命をたどるのではないだろうか。

「わぁ、かわいい!」

「見て、あの子、獣耳つけてる。すっごく似合ってるね」

背後から聞こえてきた歓声に、僕は慌てて立ち上がる。すばやくコン太を抱き上げ、フードをかぶせ直した。

邪魔くさく感じるのか、コン太はフードを取ろうとむずかる。

「コン太、我慢して。耳、見つかるとよくないから」

小声で囁くと、コン太は不思議そうな顔で僕を見上げた。

「おみみ、よくない?」

「見つかると、怖いところに連れて行かれちゃうんだ」

「こわいこわい?」

「こわいこわい、だよ。いろいろと調べられることになるだろうし、おいしいものも、食べられなくなっちゃう」

「おいしい、ないない、やー！」

悲しそうに眉を下げ、コン太は僕にしがみつく。

声の主、女子二人、男子一人の制服姿の高校生たちが駆け寄ってきた。

「かわいいー。この子、お兄さんの息子さんですか」

「や、親戚の子、だよ」

「すてきなお耳、つけていますよね。手作りですか」

フードに触れられそうになって、コン太はぎゅっと頭を押さえる。

「めーっ！　おいしい、ないない、やなのー！」

がるるっと威嚇《いかく》するコン太から、高校生たちは慌てて後ずさる。

「ごめんね。怒らせちゃったね。触らないよ、もう触ろうとしないから、許して」

「ほんとに？」

「本当。約束するから。許してくれる？」

ショートカットの小柄な少女が、しゃがみこんでやさしく問いかける。

コン太はじっと少女を見上げ、こくっとうなずいた。

「かわいいー！」とふたたび歓声があがる。

「お店もとってもかわいいですね。先週図書館に来たときには、見かけませんでしたけど。

最近オープンしたんですか」

　エメラルドグリーンのフードトラックを眺め、少女は瞳を輝かせる。

　外装や内装を考えたのは、僕ではなくオーナーだけれど。かなり女性好みな感じに仕上がっているようだ。

「今日が営業初日なんだ。ランチプレートだけでなく、デザートや飲み物も扱っているから。よかったら、割引券つきのチラシだけでも持って帰ってよ」

　チラシを手渡すと、高校生たちは笑顔で受け取ってくれた。

「喫茶店のレトロプリンだって。おいしそう！」

「湘南《しょうなん》いちごのクリームソーダも気になる！　ここで食べていってもいいんですか」

「もちろんだよ。初日だし、今日はどのメニューにも、ひとくちサイズのマラサダをおまけにつけるよ」

「わ、うれしい！　湘南いちごのクリームソーダください！」

「私は湘南いちごのミニパフェ」

「どれもおいしそう。プリンアラモードもいいなぁ」

　サーフボードのメニュー表に貼られた写真を指さし、次々と注文してくれた。

「むー。こんたも、まらら、ほしいのー」

　僕のエプロンを、ぎゅーっと引っ張り、コン太がねだる。

「コン太はさっき、たくさん食べたよね？」

食べさせてあげたいのは山々だけれど、ちいさな子どもに、揚げ物ばかり食べさせるわけにはいかない。

「まらら、ほしいのー！」

「わかったよ、コン太。マラサダの代わりに、ミニパフェにしよう。いちごたっぷり、おいしいよ」

「ぱへ？」

「いちごパフェ。ひんやりおいしいおやつだよ。あまーいいちごいっぱい！」

「いっちご、ぱへー！」

くるんと一回転して、コン太が歌うように叫ぶ。

その拍子にフードが取れそうになって、僕は慌ててかぶせ直した。

まずは三人がオーダーしてくれたパフェやプリンアラモードを盛りつけ、シナモンをきかせたひとくちマラサダとともにサーブする。コン太にも、ちいさなパフェを用意した。

「この子も、ここでいっしょに食べてもいいかな」

「もちろんです！　きみ、お名前は？」

「なまえ、こんた。むー、つけてくれたのー」

イスによじ登り、ちまっと腰かけると、コン太は元気いっぱい答えた。

「コン太くん？　かわいい名前だね。漢字は紺色《こんいろ》の紺に太い、かな」

「え、あ、うん。そうだよ」

漢字まで考えていなかった。怪《あや》しまれないように、僕はとっさにうなずいた。

「私は叶《かなえ》、彼女は紗夏《さな》ちゃん、彼は律《りつ》くんだよ。よろしくね、コン太くん」

「よろしくなのー！」

ニコニコ顔でコン太は、むいっと両手をあげる。

パフェ容器に、牛乳寒天《かんてん》といちごゼリー、ミルクプリン、カットしたさちのかを入れ、ミルクジェラートを盛って、てっぺんに大粒の紅ほっぺを載せたパフェ。

地域外のひとたちにはあまり知られていないようだけれど、平塚市は、いちごの栽培や酪農《らくのう》の盛んな地域だ。

『湘南いちごのミニパフェ』は、いちごもミルクもジェラートも、すべてが市内産の食材を活用している。

つやつやの真っ赤ないちごに、コン太は「ほわ！」と歓声をあげた。

「スプーンを使って食べなよ」

先割れスプーンを差し出すと、コン太はむうっと不機嫌そうな顔をした。

「コン太くん、ちゃんとスプーン使えるんだ。おりこうだね」

ツインテールで背の高い少女、紗夏ちゃんに褒められると、コン太は得意げな顔でスプーンを握り直し、ぎこちなくいちごを刺した。

大きな口を開けて、ぱくりとかぶりつき、満面の笑みを浮かべる。

「いっちご、うまー！」

ゆっさゆっさと身体を揺すり、コン太は全身で喜びを表した。

「すっごくおいしい！　いちごとミルクジェラートって、最高の組み合わせだね！」

「紅ほっぺもさちのかも、甘さと酸味のバランスがよい品種だからね。濃厚なミルクジェラートと合わせると、ぐっと魅力が引き立つんだよ。炭酸とも、よく合うんだ」

クリームソーダは厨房内ではなく、生徒たちの目の前で作ることにした。

ドリンクカップにロックアイスを入れ、いちごの果汁と果肉、炭酸水を混ぜ合わせたものを、そっと注ぎ入れる。ミルクアイスを載せ、てっぺんにちょこんとさくらんぼと飾り切りした紅ほっぺを載せると、賑やかな歓声と拍手に包まれた。

コン太も高校生たちといっしょになって、ちいさな手でぱちぱちと拍手をしている。

いちご果汁でほんのりピンク色に染まった炭酸水に、純白のミルクアイス。さくらんぼといちごの赤が、よく映えている。

「きれい！　SNSに、今の動画と写真、アップしてもいいですか？　桜の咲く公園でいちごのクリームソーダ作り。すっごく映えると思うんですよね」

「写真だけじゃなくて、動画まで撮ったの？」

紗夏ちゃんにスマホのカメラを向けられているのには気づいていたけれど。まさか動画まで撮られていたなんて。ちょっと恥ずかしいけれど、店の宣伝になるのはありがたい。

このご時世《じせい》、密《みつ》を避けるため、喫茶店やカフェの利用を控えている人も多いと思う。喫茶店メニューを持ち帰って、家庭や屋外で安全に楽しんでもらえたら、とてもうれしい。

「地元食材を活かしたクリームソーダ、最高だね。私たちも合同マルシェで出そうよ！」

ショートカットの小柄な少女、叶ちゃんの言葉に、紗夏ちゃんと律くんは顔を曇らせる。

「無理だよ。あれだけ反対されていたら、開催できるわけがない」

悲しげに目を伏せた律くんに、叶ちゃんは身を乗り出して告げた。

「そんなの、やってみなくちゃわからないよ。もっと広い別の会場を見つけたら、なんとかなるかもしれない」

「学校の体育館より広い会場なんてそうそうないし、あってもぼくたちには借りられないよ。いっぱいお金がかかるし、だいたい、あと二週間しかないんだ。今から探したってどうにもならないよ」

ため息を吐いた律くんに、コン太がむいっと短冊を差し出す。

「ねがいごと、かくのー。いなりさま、かなえてくれるの」

不思議そうな顔で、三人は顔を見合わせた。

「まだ四月なのに。もう七夕？」

「その笹、枯れてるよね。枯れた笹に願いごとをぶら下げても、意味がなさそう」

いまいち乗り気ではなさそうな三人に、コン太は一枚ずつ笹を手渡す。

「かいて！」

熱心にお願いされ、三人は根負けしたようすでペンを取り出した。

「願いごとなんて、ひとつしかないよね」

こくんとうなずき合い、おのおの笹に、願いごとをしたためる。

『合同マルシェを無事に開催できますように』

書き上がった願いごとは、三人とも同じだった。

「合同マルシェ？」

「ぼくたち平塚農商《のうしょう》高等学校の生徒で、学生主催のマルシェを定期的に開催しているんですけど。今月は特別に、県内の農業系高校五校合同で、『かな農フェスタ』というイベントを開催する予定だったんです」

「ご当地グルメを作って競い合う、『B《ビー》ぐるグランプリ』ってあるじゃないですか。あんな感じのイベントにする予定だったんです。それぞれの地域の食材を活かした料理をお客さんに振る舞って、競い合うことになっていたんですけど……」

農商高校の実習室で料理して、体育館で振る舞う予定だったのに。市内で学級閉鎖が相次いでいることから、保護者から中止を求める声が多数あがっているのだそうだ。

「私たちの育てた作物だけでなく、市内の農家さんや漁師さんからも、食材を提供してもらえることになっているんです。事前にいろいろと準備してくださっていて。中止になったら、無駄になっちゃうんですよ」

申し訳なさそうに、叶ちゃんは瞳を潤ませる。

「校庭では開催できないの？」

「校庭は部活動で使うから、使わせてもらえないんです」

コン太はじっと三人を見つめ、ぱくっと短冊に食いついた。

まずい。せっかく書いた短冊を食べられたと知れば、きっといい気がしないだろう。

急いでコン太を抱き上げ、僕は短冊をむさぼり食べるコン太の姿が三人から見えないようにした。

「えっ、なに。私たちの書いた短冊、どうなったの」

「今、コン太くん、短冊食べてなかった？」

「た、食べてない。食べてなんかないよ！　ほ、ほら、そこに！」

三人の視線から逃れようと、僕は笹を指さす。

すると、指さした先、僕の短冊の隣に、黄金色に輝く三枚の短冊がぶら下がっていた。

三枚とも、『合同マルシェを無事に開催できますように』と記されている。

「いつのまに⁉　あんな高い場所に、どうやってぶら下げたんですか」

大きく目を見開き、三人は背伸びをするようにして、笹にぶら下がった自分たちの短冊を見上げる。

「この子たちの願い、稲荷神さまに届いたんだね」

こくっとうなずき、コン太は片手を天に向かって突き出した。

「ねがい、かなうのー!」

叶うわけないよー、とざわつく三人に背を向け、僕は小声で笹に話しかける。

「稲荷神さま。本当にこの子たちの願いを叶えてくださるんですか」

『無理だな』

間髪入れずに返ってきた答えに、僕は思わず大きな声を出してしまいそうになった。

「叶えられないのに、どうして採用したんですか!」

『我には無理だ。だが、お前には、叶えられるのではないか』

「無理ですよ。そんなの」

『なぜ、そう思う? お前のその車。どこでも料理を作れるのだろう。彼女たちが行事の開催を反対されているのは「密になるから」だ。屋外で開催すれば、なんの問題もない』

「そんな簡単にはいかないですよ。だいたい、こんなに狭い調理場に五校も生徒が集まったら、大変なことに……」

『お前のその頭は飾りか。誰が一台でやれ、といった。お前と同じように、車で飲食店をしている輩《やから》が他にもいるだろう。一校に一台用意すればいい』

「確かにそうですけど。僕、他の業者さんなんて知りませんよ」

身を乗り出して反論したそのとき、背後からあきれたような声が聞こえてきた。

「おいおい、歩。お客さんをほったらかして、なにぶつくさと独りごといってんだ。働きすぎておかしくなっちまったのか」

振り返ると、そこには真っ黒に日焼けした、背の高い長髪の中年男性が立っていた。

僕が高校時代にバイトをしていた喫茶店、『夜喫茶 七夕』の店主で、このフードトラック『たなばたキッチン』のオーナー、大崎瑛士《おおさきえいじ》さんだ。

「瑛士さん。どうしてこんなところにいるんですか」

「心配になって見に来てやったんだよ。初日だし。うまくやってっかなーと思って」

「どうせ来るなら、ランチタイムに来て、手伝ってくれたらよかったのに……」

めちゃくちゃしんどかったんですよ、と告げると、「初日から大盛況なんて、結構なことじゃねぇか」と豪快な笑い声が返ってきた。

「暇すぎるよりはありがたいですけど……あ、そうだ。瑛士さん、フードトラック事業の会合、出席されていますよね。他のオーナーさんと、知り合いだったりしますか」

「何人か付き合いのあるのもいるけど。それがどうした」

「この子たち、学生マルシェの開催を反対されて困っているんです。フードトラックなら密にならずに提供できるし、他にも協力してくれる業者さんがいれば、なんとか開催できるんじゃないかなーって思うんですけど……」

事情を説明すると、瑛士さんはたくましい腕を組み、高校生たちに視線を向けた。

「地元の高校生が困っていると知りゃあ、協力してくれるやつらはいるだろうけどよ。どこでやるつもりだ？　市のフードトラックは、どれもかなりの大きさだぞ。こんなもん、五台も停めて密にならずに客を並ばせられるような場所、そうそうねぇだろ」

いくら車を都合できても、開催場所を見つけられなければ意味がない。

「なんとかなりませんかね。たとえば、総合公園の広場とか」

「日にちは決まってんのか」

「再来週の土曜日の予定で、準備を進めていたんです。何ヶ月も前から、告知も頑張ってきたんですよ」

「再来週の土曜か。総合公園はダメだな、その日はベルマーレのホームゲームだ」

地元サッカーチームのホームゲームの日。スタジアムのある総合公園はサポーターであふれかえる。かなり大きな公園だけれど、スペースを貸してもらうのは難しいだろう。

「じゃあ、湘南平《しょうなんだいら》の駐車場とか」

「花見客でいっぱいだ。湘南平は遅咲きだからな」

「ダメ出しばっかじゃなくて、瑛士さんも考えてくださいよ」

「きみたち、どこか思いつくかい」

瑛士さんに話を振られ、叶ちゃんと紗夏ちゃんの頬が赤く染まった。

彼女たちの父親くらいの年齢なのに。若いころはサーフ雑誌でモデルとして活躍していた瑛士さんは、少女たちの目にとてもかっこよく見えるらしい。

僕に対するのとは明らかに異なるようすで、叶ちゃんはよそ行きの声で答える。

「えっと……。湘南ベルマーレひらつかビーチパークとか、どうですか。あそこなら、ウッドデッキに座って食べられるし、いいんじゃないかなって思うんですけど」

「「それだ！」」

僕と瑛士さんは、思わず同時に叫ぶ。

「片っ端からフードトラックの業者に声かけてやる。歩。お前はこの子たちを連れて市役所行ってこい。今日を逃したら、市の職員、月曜まで掴まんねぇぞ」

瑛士さんにせかされ、僕は高校生とコン太を連れて、市のフードトラック事業担当者、今井《いまい》さんのもとへと向かった。

突然やってきた僕たちに、困惑しながらも、今井さんは話を聞いてくれた。

「フードトラックを五台も集めて、ビーチパークでマルシェですか？　それは、他の利用者の方たちのご迷惑になるのでは……」

「迷惑にならなかったら、使わせてもらえますか」

ぐっと身を乗り出した叶ちゃんに、今井さんは困ったように頭をかく。

「迷惑になるかどうか、事前に調べることはできないでしょう。ビーチパークは誰もが使えるよう、皆に解放された場所なのですから」

今井さんに否定され、それでも叶ちゃんは引き下がらなかった。

「迷惑かどうか、市民のみなさんに実際に聞いてみますっ」

「どうやって聞くつもりですか」

あきれ気味な今井さんに、紗夏ちゃんがクールな口調で問う。

「何人ぐらい、ソースがあれば有効だと判断していただけますか」

「何人ぐらいって……」

「千人？　一万人？　平塚市の人口は、二十六万人弱ですよね。でも、この時期ビーチパークを利用する人は、そこまで多くない。何人の賛同が得られたら、許可してくださいますか」

「千人って。きみたちに、そんなにたくさんの賛同者を集めることができるんですか。だいたい、開催まであと二週間しかないのに。どうやって調査をするんですか」

「千人の賛同者を集めるのなんて、三日もあればできますよ。週明けの月曜日までに集めてみせます。そうしたら、開催させてくださいますか」

「集まるわけがないですよ、そんなの。もしかしたらネットを使おうとしているのかもしれませんが、平塚市民以外の賛同はカウントに入れませんからね」

「平塚市民だったらいいんですね。それでは週明け、放課後にお邪魔します」

自信たっぷりに言い放ち、紗夏ちゃんは立ち上がる。

「紗夏ちゃん、大丈夫なの、あんなこといって……」

不安げな律くんに、紗夏ちゃんは胸をそらして答えた。

「千人くらい、余裕でしょ。そうと決まったら、早く実行しなくちゃ。二人も手伝って！あ、作戦会議の場所……。歩さん、フードトラックってもう閉めちゃいますか？」

「ふだんなら閉める時間だけど、場所が必要なら協力するよ。おやつの差し入れつきで、延長営業だ」

「おやつ！」

はわわ、と瞳を輝かせ、コン太がよだれを垂らす。

「コン太、あんなに食べたのに。まだおなかがすいてるの!?」

「おやつ、ほしいのー！」

ちいさな身体の、どこにそんなに入るのだろう。「おやつ、おやつ！」とぴょこぴょこ飛び跳ねるコン太と高校生たちを連れて、僕はフードトラックに戻った。

夕飯前に、あまり重たいおやつを出すわけにはいかない。

カットフルーツをたっぷり入れたヨーグルトと冷たいジャスミンティーを皆に振る舞う。

コン太は大喜びで、口のまわりをべたべたにしながらヨーグルトを食べた。

「あのね、ネット上で署名や募金を集めることができるサイトがあるの。『sign《サイン》!』っていうサイトなんだけどね。ここに投稿してSNSで拡散すれば、賛同の声を集められるよ」

「でも、それだと平塚の人の目には止まらないのでは……」

スマホの画面を皆に見せた紗夏ちゃんに、律くんが疑問をぶつける。

確かに。SNSは便利だけれど、地元の人への告知ツールとしては弱い気がする。

「拡散の仕方を工夫すればいいんだよ。平塚在住の人にリツイートしてもらえばいいの。たとえばこうやって……」

紗夏ちゃんは、SNSの検索窓に『平塚』と入れてアカウント検索をする。すると、平塚市内の事業者や平塚在住のYouTuber《ユーチューバー》、平塚市議会議員、平塚市国際交流員のアカウントなどがずらりと表示された。

「このひとたちに、まずは協力を求めるの。彼らのフォロワーさんの大半は、地元の人だと思うから。彼らに拡散してもらえたら、たくさん地元の人に届くんだよ。あとはね、『ベルマーレ』で検索して……」

地元サッカーチームを応援している人は、地元民である可能性が高い。特に平塚は、湘南ベルマーレを熱烈に愛している人が多い地域なのだ。

さらに市内の学校や企業を次々と検索し、紗夏ちゃんは地元在住者を見つけ出してゆく。

彼女がSNSで発信した署名募集の記事は、あっというまに何百人もの人たちに拡散してもらうことができた。

「拡散してくれても、署名までしてくれるかどうかはわからないけど。それでも、少しずつ効果は出てくると思うんだ。『署名したい、応援したい！』って思わせる動画を作って、感情を揺さぶらなくちゃ。コン太くん、協力してくれる？」

「きょーりょく？」

「コン太くんが、かわいらしく『おねがいします』って頼んでくれたら、『署名しよう！』って思う人も増えると思うんだ」

紗夏ちゃんは、そういってコン太にスマホのカメラを向ける。

「おねがい、するのー！」

むいっと片手をあげ、コン太は画面に向かって叫んだ。

かばんからノートパソコンを取り出し、紗夏ちゃんは動画を編集し始める。

何ヶ月もかけてマルシェ開催に向けて頑張ってきた姿。そして、中止の知らせを聞いて、落胆する姿。日々のさまざまな出来事を、彼女は動画に収め続けていたようだ。

それらをつなぎ合わせ、最後に「開催に向け、ご協力お願いいたします」と頭を下げる三人とコン太の姿を映し出す。

テキストやナレーションを入れて、紗夏ちゃんは手早く一本のムービーを作り上げた。

「すごい……」

即席で作ったとは思えないほど、立派なムービーだ。感嘆の声を漏らした僕に、なぜか紗夏ちゃん本人ではなく、叶ちゃんが得意げに胸をそらす。

「すごいでしょ。紗夏ちゃん、学内でも一、二を争うくらい、動画作成のスキルが高いんだよ！」

ノートパソコンの画面、再生ボタンを押すと、高校生が作ったとは思えないほど本格的な動画が再生された。

音楽も映像もよくできていて、ぐっと心をつかまれ、彼女たちを応援したくなるような出来栄えだ。

「これを拡散してもらって……駅前でパフォーマンスもしよう。行こう！」

叶ちゃんと律くんの手を取り、紗夏ちゃんは立ち上がる。

僕とコン太も、彼女たちについて行くことにした。

金曜の夜ということもあって、平塚駅前は人通りがとても多かった。

「みんな、門限は大丈夫なの？」

「まだ十九時前だよ。全然大丈夫。バイトの日は、帰るの二十一時過ぎだし」

紗夏ちゃんのいうとおり、制服姿の高校生の姿も多い。

「叶、よろしく。私より、叶のほうがこういうのは得意でしょ」

「任せて。律くんは、頭下げる係でいいよ。めっちゃ大人受けする好青年顔だから、立ってるだけで超好印象」

元気いっぱいな叶ちゃんやテキパキしている紗夏ちゃんとは対照的に、律くんは無口でおっとりしている。確かに、お年寄りや大人たちから好かれそうな雰囲気だ。

「農業系高校主催の合同学生マルシエ、かな農《のう》フェスタ開催に向けて、署名活動を行っていまーす！　どうか、この二年半、自粛《じしゅく》、自粛で高校生らしい行事をひとつも行えなかった私たちに、最初で最後の想い出作りをさせていただけませんでしょうか。あなたの署名が、私たちを救いますっ」

いっしょうけんめい訴《うった》える叶ちゃんの隣で、コン太もぴょこぴょこ飛び跳ねて主張する。

「おねがいするのー！　たすけてほしいのー！」

いったいなにが始まったのだろう、と皆が足を止め、こちらに視線を向けた。

「よろしくお願いしますっ。高校三年の私たちにとって、高校生活、最後のチャンスなんですっ。どうか、青春の想い出を作らせてください」

声を張り上げた叶ちゃんの隣で、署名用のリストを手にした律くんが、深々と頭を下げる。

会社帰りとおぼしき女性が、最初の署名をしてくれた。ひとりがしてくれると、他の人もしやすくなるのだと思う。

ひとり、またひとり、と賛同者が集まってくる。どさくさに紛れて、コン太は短冊も差し出して、願いごとを書いてもらっている。

「だけど、これだけじゃ、とても千人にはなりそうもないね……」

期間が長ければなんとかなるかもしれないけれど。金、土、日の三日間だけで千人も集められるとは思えない。

「大丈夫。そのために、SNSがあるんだから」

紗夏ちゃんが差し出した画面。そこには、さっき作ったばかりの動画が、すでに千回以上再生されていると表示されていた。SNSのつぶやきも、どんどんリツイートされてゆく。

三日で千人。本当に集まるだろうか。

少しでも力になれたら、と思い、僕も高校生やコン太とともに、「お願いしますっ」と何度も頭を下げ続けた。

月曜の午後。ハラハラしながら、僕は三人がフードトラックにやってくるのを待った。

署名は無事に集まっただろうか。市の職員は、開催の許可を出してくれるだろうか。

どうしても落ち着かなくて、調理や接客をしながらも、何度も時計を眺めてしまった。

ついて行けたらよかったけれど、今日は瑛士さんもいないし、雇われ店長の僕が、自分の判断で勝手に店を閉めるわけにはいかない。

時間が経つのが、とても長く感じられる。十七時になっても、彼女たちは現れなかった。

「ダメだったのかな……」

ため息を吐いたそのとき、コン太が「ほぁ！」と叫んだ。

コン太が指さす先には、息を切らせて走る叶ちゃんと紗夏ちゃん、ふらふらになりながら二人を追いかける律くんの姿があった。

「歩さん、コン太くん、やりましたよっ」

「開催決定ですー！」

涙ぐんで叫ぶ三人に、コン太は全速力で駆け寄る。

「おめでとなのー！」

ぴょこっと飛びついたコン太を抱きとめ、叶ちゃんはくるくるとまわって踊った。

「千人どころか、五千人も集まっちゃいましたよー！」

「すごいね。そんなに⁉」

たったの三日間で、五千人。とてつもない人数だ。

「しかも、募金もいっぱい集まったんです。週末の稼ぎ時に休業して協力してくださるフードトラック事業者のみなさんに、トラックの使用料をお支払いできます」

「そんなの、払わなくていいと思うよ。少なくともこの店のオーナー、瑛士さんは受け取らないと思う。お金より、その拡散スキルでお店を宣伝してくれたほうが、みんなありがたがると思うけどな」

市の支援によるフードトラックの営業は四月の一日から。どの店も、開店ホヤホヤで知名度不足なのだ。

「本当に、そんなのでいいんですか」

「これは僕の個人的な意見だけどね。むしろお金を出してお願いしたいくらいだよ。地元のひとたちへの告知って、すごく難しいんだ」

近隣のマンションなどにチラシをまいてはいるものの、やはりひとりで告知するには限界がある。

SNSの公式アカウントも瑛士さんが作ってくれたけれど、フォロワー数はあまり多いとは言い難い。

動画投稿を趣味にしている紗夏ちゃんのほうが、断然フォロワー数が多いのだ。

「じゃあ、協力してくださるフードトラックの事業者さんを、私たち商業科の生徒が全面的にバックアップします。プロモーション動画を作って、たくさん拡散しますよ！」

「本当に、みなさん、そんなお礼で喜んでくれますかね……」

「喜んでくれると思うよ。そもそも、その気持ちがなかったら、最初から協力を申し出たりしないと思う。まさか、高校生が利用料を払おうとしてくれるなんて、誰も想定していないと思うんだ」

二年半の自粛生活。大人の僕でさえ、不便さや辛《つら》さを感じることも多かった。

かけがえのない学生生活を送る十代の子たちにとって、きっとその二年半は、社会人の僕らとは比べものにならないほど貴重で、取り返すことのできないものなのだと思う。

想い出を作りたい、と望む彼女たちを、心から応援したいと思っている人は多いはずだ。

僕の予想どおり、誰も使用料を払ってほしいとはいわなかった。

一日分の稼ぎを得られなくなる。そのことを覚悟した上で、協力を申し出てくれた人ばかりだったのだと思う。

「どうせならその金で、参加者全員分の、おそろいのTシャツでも作ったらいいんじゃないのか。マルシェが終わった後も記念に持ち続けられるようなやつ。ちょっと高めのいいTシャツを使ってさ」

今回の学生マルシェを支援するフードトラック事業者が集う、オンライン会合。瑛士さんの提案に、他の事業者たちも賛成してくれた。

農商生たちの想いと五千名の署名。そして、それを支えたいと望むフードトラック事業者の心意気を、市の職員も真摯に受け止めてくれた。

かな農フェスタは平塚市公認の行事として、湘南ベルマーレひらつかビーチパークで開催されることになった。

「よかったの━！」

コン太も高校生たちといっしょになって、自分のことのように大喜びしている。

「ありがとうね。コン太くんがいっぱいお手伝いしてくれたおかげだよ！」

ぎゅうっと叶ちゃんに抱きしめられ、コン太はニコニコ顔だ。

「マルシェの成功を祈って、今日はみんなにいちごミルクプリンをごちそうするよ」

「やった━！」

「ありがとうございますっ」

トラックのまわりに集まってきた高校生たちから歓声があがる。

叶ちゃんと紗夏ちゃん、律くんだけでなく、いつのまにかたくさんの農商生が、フードトラックに遊びに来てくれるようになった。

来るたびに写真や動画を撮ってSNSにアップしてくれるから、僕もとても助かっている。

「歩さんも、本当にいろいろとありがとうございます。フードトラックのみなさんが協力を申し出てくださらなかったら、きっと開催できなかったと思います」

「むー、おりこうさんなのー！」

ぴょこぴょこ飛び跳ねながら、コン太が叫ぶ。

「おりこうさん、か。まさか、コン太からその言葉をいわれるとはね」

なんだかおかしくて、思わず僕は吹き出してしまった。

見上げると、笹には彼女たちの願いの書かれた短冊がぶら下がっている。

あの日、しょんぼりと肩を落としていた三人の姿と、笑顔で仲間とともに笑い合う、今日の姿を重ね合わせ、胸が熱くなる。

僕やコン太には、願いを叶えてあげられるような特別な力はないけれど。

皆で力を合わせることで、きっと願いは叶うのだと思う。

「見ていてください。稲荷神さま。彼女たちの願い、無事に叶えてみせますから」

皆に聞こえないよう、小声でそっと囁く。

すると、かすかに笹が揺れ、偉そうな声が返ってきた。

『せいぜい、我のために励《はげ》むがよい』

「別に、稲荷神さまのためじゃないですよ。この子たちのために、僕は頑張ってるんです」

『いちいち口の減らぬ男だな』

「減らず口のひとつも叩きたくなりますよ。そんな偉そうなことばっかりいわれたら」

『偉そう、だと⁉　貴様、我をなんだと思っておるっ』

「めーっ！　めっ、めっ！　けんか、だめなのーっ！」

両手を広げたコン太が、僕と笹の間に割って入ってくる。

「別に、ケンカなんてしていないよ。稲荷神さまがいちいち偉そうだから、イラっとしただけで」

『イラッとした、だと⁉　眷属の分際《ぶんざい》で、なんという言い草！』

「めーっ！　けんか、ないないっ！」

僕も笹も、コン太にかわいらしいパンチを連打されてしまった。

「どうしたんですか。歩さん、コン太くん」

異変を察知した叶ちゃんが、心配そうに駆け寄ってくる。

「な、なんでもないよ。うん、なんでもない」

僕はぎゅーっとコン太を抱きしめ、笹に背を向けた。

背後からぶつくさとなにか聞こえてくるけれど、とりあえず無視することにする。

「歩さん、マラサダを注文してもいいですか」

「私も。アイスティー注文したいですー」

次々と注文の声があがり、僕はコン太を抱きしめたまま、厨房へと向かった。

閉店後のフードトラック内。マルシェ開催を翌日に控え、車内設備の点検をしていると、博物館の学芸員、坂間さんがやってきた。

「約束の二週間が経ったよ。笹、見たところ、少しも回復していないみたいだけど？」

笹を持ち去ろうとする坂間さんに、コン太が「めーっ！」と突進してゆく。

膝にまとわりつき、猫パンチのようなパンチをくり返すコン太に、坂間さんは目を細めた。

「気持ちはわかるけど、二週間、太陽の光を浴びさせてもなんの効果もなかったんだから。これ以上、意味がないよ」

「あと一日だけ待ってください。明日には、必ず成果が出ますから」

人々の願いを叶えることによってのみ、神さまは活力を得るのだといっていた。

神さま本人が叶えなくても、眷属やその協力者が叶えても、効果があるらしい。

僕とコン太が農商生の願いを叶えれば、笹も稲荷神さまも、回復するのだと思う。

「ねばるね」

「当然です。この笹には、恩があるんです」

コン太といっしょになって、僕は笹を守るように両手を広げた。

僕がまだ小学生だったとき、母はがん検診で異常が見つかった。

『この子を残して死ねない』と、母は枯れない笹に病気平癒《へいゆ》を願ったのだそうだ。

単なる偶然かもしれない。だけど、母の手術はうまくいき、術後も良好で、今も元気に働けている。

『枯れない笹のおかげで、あなたの成人する姿を無事に見られたわ』と、僕の成人式では大泣きしていたし、ことあるごとに、母は笹への感謝を口にし続けているのだ。

それを聞いて育った僕にとっても、この笹はかけがえのない、特別な存在だ。

本当に願いを叶えてくれたのかどうかわからないけれど。平塚のたなばたが大好きな母にとって、この笹が闘病中の支えだったことは、事実なのだ。

坂間さんはコン太と僕を見比べ、肩をすくめた。

「わかったよ。あと一日だけ待とう。それ以上は、待たないからね」

夜気に包まれた広場。はらりと桜の花びらが舞い降りてくる。

見上げると、開店したばかりのころには満開だった桜が、八割がた散り終え、新しい緑の葉が芽吹き始めていた。

生命力に溢れる若葉を眺めた後だと、枯れかけた笹の姿が余計に痛々しく見える。

去ってゆく坂間さんを見送った後、僕は笹に向かって「必ず、復活させてみせますから！」と声をかけた。

天気が心配だったけれど、翌朝はマルシェの開催を祝福するかのように、雲ひとつない快晴だった。

今どきの高校生たちの行動力はすごい。

SNSを駆使して告知を行い、地元メディアにプレスリリースまで出したようだ。タウン誌やケーブルテレビ局などの取材陣が何社も来ている。

夏場には海水浴場にもなる、湘南ベルマーレひらつかビーチパーク。

潮風に揺れるヤシの木と、波待ちするサーファーたちの姿。広々としたボードウォークから眺める青い海が、朝日を浴びてきらめいている。

相模湾をのぞむ見晴らしのよい会場に、開始と同時にたくさんの人がやってきた。

等間隔に駐車された五台のフードトラック。それぞれのトラックの前には、ソーシャルディスタンスを守るための整列用のラインが引かれていて、密になる心配がない。

購入し終えたらフードトラックから離れ、ボードウォークに座って海を眺めながら食べる決まりだから、誰かと対面になる心配もない。

ボードウォークにも、隣に座ったひとたちと適切な距離を取れるよう、マスキングテープで等間隔に印がつけられている。

「ひと、いっぱい！」

たくさんの来場者を前に、コン太は大喜びだ。

今日もフードトラックの脇には枯れない笹を立ててある。短冊を手にしたコン太は、フードトラックの前を通るお客さんたちに、願いごとを書いてくれるようねだった。

人懐っこく愛らしいコン太に、たくさんのひとたちが足を止め、農商高校の列に並んでくれた。

「コン太くんのおかげで、お客さんいっぱいだね！」

平塚農商高等学校チームは、叶ちゃんがリーダーを務める、調理担当の農業科の生徒と、紗夏ちゃんがリーダーを務める、告知や事前の運営準備に当たる商業科の生徒の複合チームだ。

神奈川県内の農業系高校五校が集結した合同マルシェ『かな農フェスタ』。

農商高校の生徒たちは、漁業も農業も盛んなこの地の特色を活かし、『ＳＵＲＦ＆ＴＵ《魚介と肉の》ＲＦ《料理》』、海の幸と大地の恵みをひと皿で味わうメニューを考えたのだそうだ。

「『肉も魚も野菜も、地元の魅力を味わい尽くす！』っていうのがテーマなんですよ」

かな農フェスタのロゴが入ったそろいのＴシャツを着た生徒たち。叶ちゃんは笑顔でそう教えてくれた。

コンテスト形式のフェスタ。モーニングとランチ、三時のおやつの三部形式で、各校ＯＢが務める審査員の審査で、競うことになっているようだ。

僕らフードトラック事業者は、調理器具の使い方をレクチャーしたり、安全に調理できるよう見守るだけで、実際の調理には手を貸してはいけない決まりになっている。

農商高校のモーニングメニューは、市内で育てられた豚で作ったベーコンと平塚漁港に水揚げされたシイラの燻製《くんせい》を、市内産の卵で作ったスクランブルエッグとともに、自家製トルティーヤで巻いた『ＳＵＲＦ＆ＴＵＲＦブリトー』。

まずは生地だけで食べてみたけれど、叶ちゃんたちの作るトルティーヤはモチモチしていて、食感がとてもよかった。

「珍しいよね、こんなにモチモチしているの。市販のトルティーヤとなにが違うの？」

「米どころ平塚の魅力をアピールしたくて、米粉《こめこ》で作ったんですよ。平塚生まれのお米『はるみ』を使っているから、モチモチな上に、ほんのり甘いんです」

元気いっぱい短冊を配り続けてへとへとになったコン太にも、ミニサイズのブリトーを作ってくれた。

「ほぁ、ほっかほか！」

鉄板で軽く炙った米粉トルティーヤに、作りたてのスクランブルエッグ。ベーコンと燻製もこんがり炙られ、おいしそうな匂いが漂っている。

手づかみで食べられるのがうれしいようだ。めいっぱい口を開き、コン太はあむっと頬張った。

「うまー！　ふわもっち、だいすきー！」

コン太の雄たけびに、他のトラックに並んでいるひとたちからも視線が集まってくる。

「洋風朝食メニューの定番、ベーコンとスクランブルエッグに和の食材、魚の燻製を合わせるって発想がいいね。魚の燻製をトルティーヤに入れるなんて。初めて見たよ」

ぎゅっと旨味の濃縮したスモーキーなシイラの燻製と、カリカリに炙ったジューシーなベーコン。ふわふわのスクランブルエッグのやさしい味わいが、モチモチの米粉トルティーヤに包まれ、絶妙なハーモニーを奏でている。

「トルティーヤって元々はメキシコのものだし、日本ではあまりなじみがないと思うんですけど。米粉で作ったら、和の食材となじんで、いろんな人に楽しんでもらえる味になるんじゃないかなぁって思ったんです」

照れくさそうに、律くんが答える。彼の考えたアイデアなのだそうだ。

「斬新な組み合わせなのに、ほっとする味なのは、米粉のおかげかもしれないね。これなら、新しいもの好きな若い人だけじゃなく、子どもや年配の人にも好きになってもらえそうだ」

僕も可能なかぎり地元の食材を使いたい、と考えているけれど、どちらかというと、地元を応援する気持ち以上に、新鮮な地元の食材を使ったほうがおいしい料理ができる、という考えのほうが強い。

地元の食材を心から愛し、広く普及させたいと考える農商生たちの姿は、まぶしく感じられた。

トラックの脇には、地元の食材を紹介するパネルが展示されていて、紗夏ちゃんはじめ、商業科の生徒たちが熱心に地場の魚や畜産物、農産物のアピールをしている。

あっというまに平らげたコン太は、「もっと！」とおかわりをせがんだ。

「コンテストは三部制なんだ。朝ごはんをいっぱい食べ過ぎると、ランチやおやつを食べられなくなっちゃうよ」

汚れた口元を拭いながら教えてあげると、コン太は「おやつ……」とつぶやき、口を半開きにしてよだれを垂らした。

「コン太くん、すっごくおいしいおやつを作ってあげるから、楽しみにしていてね」

叶ちゃんの言葉に、コン太は笑顔で、こくっとうなずく。

「たのしみ！　いっぱいおてつだいするのー！」

展示スペースには平塚市の農産物をアピールするゆるキャラ、犬のベジ太と、平塚漁協のゆるキャラ、タマ三郎のぬいぐるみが置かれている。

コン太は二つのぬいぐるみを抱え、お客さんの間を元気いっぱい駆け回った。


モーニングが終わると、休む間もなくランチタイムが始まる。

平塚農商高等学校のランチメニューは、市内産の豚肩ロースをスパイスと自家製バーベキューソースでつけ込み、じっくりスモークしてやわらかく肉汁たっぷりに仕上げ、細かくほぐしたほろほろのプルドポークと、鮮度抜群の地魚を自家製の粗挽《あらび》きパン粉でさっくり揚げた、揚げたての地魚フライ、トマトやレタスなど新鮮な地物野菜がたっぷり挟まった、ボリューム満点の『SURF＆TURFバーガー』だ。

プルドポークと魚のフライ。主役級の食材が主張し合ってうまくなじまないのでは、とやや不安だったけれど、実際に食べてみると、プルドポークも魚のフライも、意外とさっぱりしていて、みずみずしい生野菜といっしょに食べると、まったく重さを感じさせない。ピリ辛風味の自家製ベジタブルソースがとても爽やかで、ぺろりと食べ終えてしまう魅惑の一品に仕上がっている。

「このソース、フライとよく合うね。トマトベースでラタトゥイユっぽいんだけど、ピリッと辛みがあるのが、すごく食欲をそそる。この辛みは……」

「ハバネロとハラペーニョです。ぼくのうちのビニールハウスで育てているんですよ」

律くんが控えめな声で教えてくれた。

「国産のハバネロとハラペーニョか。いいね。辛いだけじゃなく、爽やかな酸味で、揚げ物の油っぽさを中和してくれる」

ハンバーガーに肉と魚を両方挟もう、なんて、僕ならまず考えないし、野菜と辛みで重さを中和するのも、とてもよいアイデアだ。

「地魚は、鯖《さば》かな」

「そうです。アジフライと比べるとマイナーな気がしますけど。鯖のフライっておいしいですよね」

「新鮮な鯖のフライは格別だよね。肉厚で旨味たっぷり。衣やソースに負けない力強さがある。確かに外食ではあまり見かけないけど、一度食べたら病《や》みつきになっちゃう、くせになるおいしさなんだよね。特にこの鯖フライはショウガの風味がきいていて、鯖の味はしっかりしているのに、後味がとても爽やかだ」

「ありがとうございます。『鯖はくせがあって苦手だ』っていう人もいるようなので、ショウガで中和してみたんです」

「いいアイデアだと思うよ。ソースとも相性がいい」

じーっとようすをうかがっていたコン太が、ほっぺたをぱんぱんに膨らませて憤《いきどお》る。

「むー、ずるいのー！　こんたも、もぐもぐしたい！」

「ダメだよ、これは辛いから。コン太には食べられないんだ。お口のなか、あちあちってなるよ」

飛びかかってきたコン太から、食べかけのハンバーガーを遠ざける。

「やー！　たべるのー！」

手足をばたつかせて暴れるコン太に、叶ちゃんがミニサイズのバーガーを差し出した。

「お子さまや辛いのが苦手な人向けに、ハバネロやハラペーニョを入れていないマイルドソース版も用意してあるの。はい、コン太くんは、マイルドのほうね」

ミニバーガーを手渡され、コン太は大喜びでぴょんぴょんと飛び跳ねた。

フードがずり落ちそうになって、慌ててかぶせ直す。

大口を開けてがぶっとバーガーにかぶりつき、コン太は「はわわわ！」と瞳を潤ませた。

「さくさく、うまーー！」

魚フライが大好きなコン太。このバーガーもとても気に入ったようだ。

あっというまに平らげ、くるくると踊るように回り始める。

「さっくさくー、じゅわー、うまうま、さばばーがーー！」

謎の歌を歌いながら、トラックの前でくるくる回るコン太の姿に、並んでいるひとたちから笑いが起こる。

ハンバーガーを食べ終えたコン太は、ぴょこんと飛び跳ね、短冊を手に皆に願いごとを書いてくれるよう頼みに行った。

海の幸《さち》と大地の恵みを見事に融合したバーガーと、特濃ミルクシェイク、学内農園で育てた野菜で作った自家製ピクルスと野菜スティック。平塚農商高等学校のフードトラックは、ランチタイムも大盛況だった。

ランチタイムとおやつタイムの間には、一時間の休憩がある。

ようやくひと息ついたそのとき、生徒たちの激励に来たＯＢが、車内厨房を見学したいと言い出した。

「狭いので、あまりお勧めできないかもしれません」

やんわり断ったけれど、どうしても見たいとせがまれ、生徒たちは彼らを車内に案内した。

「ひえひえ、うまー！」

ミルクシェイクに夢中のコン太を放っておくわけにはいかず、案内は生徒たちに任せ、僕は車外にとどまる。一気に吸い込み過ぎて、頭がキーンとしてしまったようだ。

「あたま、いたいたい！」

涙目になって叫ぶコン太は、それでもシェイクを離そうとしない。

「冷たいものを一気に飲むと、痛くなっちゃうんだよ。慌てずにゆっくり飲みなよ」

こめかみをさすってあげると、コン太は「いたいたい、けど、とまらないのー」と、またシェイクを飲み始めた。

あっという間に飲み干し、「もっとー！」とおかわりをほしがって、むずかり始める。

「今おかわりしたら、おやつ、食べられなくなっちゃうよ」

「おやつ、たべる。しぇーくも、のむのー！」

よっぽどミルクシェイクが気に入ったようだ。手足をばたつかせて大暴れするコン太に、思いきりほっぺたをひっかかれた。

「痛っ、コン太。いい加減に……」

コン太を叱ろうとしたそのとき、車内から耳をつんざくような悲鳴が聞こえてきた。

急いでコン太を抱き上げ、車内厨房に駆け込む。

「どうしたの⁉」

車内には、泣きじゃくる少女と、必死で謝るOB、そんな二人を心配そうに見つめる律くんたちの姿があった。

「おやつタイムに使う生乳《せいにゅう》ミルクジェラートのパッドに、ほかほかの野菜ソースをぶちまけてしまったんです。なんとかしようと頑張ったんですけど、どんどん溶けて、混ざり合ってしまって……」

乳白色のミルクジェラートのパッドに、真っ赤なトマトベースのソースがたっぷりかかってしまっている。叶ちゃんのいうとおり、ソースの熱でジェラートが溶け、白と赤が混ざり合っている。

「どうしよう。市内の農場の方に生乳を分けていただいて作った、特別なジェラートなのに……」

この特製ジェラートをおやつタイムの献立の、目玉にするつもりだったようだ。

「やけどやけがはない？　みんな、無事かい」

「大丈夫です……。でも、ジェラートが……」

えぐっとしゃくりあげ、床にしゃがみこんだ少女が泣きじゃくる。

律くんが、彼女にそっとハンカチを差し出した。

「ショックなのはわかる。だけど、気持ちを立て直そう。きみたちのおやつを楽しみにしてくれているひとたちのためにも、なにか代用品を探さなくちゃ」

「代用品じゃダメなんです。せっかく市内の特産物を盛り込んだメニューを作ってきたのに。最後の最後で、市販品のアイスを使ったら意味がないんですよ」

「うしさんのあいす、ひつよう?」

心配そうな顔で、コン太が生徒たちを見上げる。

「必要。でも、今からじゃもう作れないの。完成まで、何時間もかかるの」

叶ちゃんの声が、悲しげにゆがむ。

「市内産の材料なら、いいんだよね? 生乳じゃなく、生乳を使って作ったジェラートを分けてもらえばいいんじゃないかな。市内の酪農家さんのなかには、自分の育てている牛の生乳で作ったジェラートを、牧場で販売しているところもあるよ」

「今日は土曜日ですよ。稼ぎどきなのに。分けてくれるとは思えないです……」

「そんなの、聞いてみなくちゃわからない。ジェラートの直売をしている牧場に事情を説明して、頼んであげるよ!」

僕はスマホでジェラートの直販をしている市内の牧場を検索し、電話をかけた。

幸いなことに、牧場の主は農商高校の前身、農業高校の卒業生だった。

どうしても手が離せず、届けに行くことはできないけれど、もし、牧場まで取りに来るのなら、必要な量のジェラートを提供する、と申し出てくれた。

「おやつタイム開始まで、あと四十分しかないですよ」

牧場は、市内でもかなり内陸寄りの場所にある。

スマホのマップ機能で検索すると、車で片道十八分かかる、と表示された。

「なにかあったんですか」

場内を見回っていた市の職員、今井さんが近づいてきた。

「実は、自家製ジェラートをダメにしてしまったようで……。市内の牧場主さんに代用品を提供していただけることになったんですけれど。時間がないんです」

事情を説明すると、今井さんは「送っていきましょうか」と申し出てくれた。

「今日は自家用車で来ているので、チャイルドシートもついています。コン太くんも乗れますよ」

キリッとした顔でコン太は片手をあげる。

「こんた、あいす、とりにいくのー！」

僕は今井さんの車で、コン太とともに、牧場までアイスを取りに行くことになった。

潮の香りのする海岸部から、市街地を抜け、のどかな農村部へ。

牧場に併設されたジェラート売り場では、ふれあい農園のイベントが開催されていた。

のんびりと歩く乳牛の姿に、コン太は大興奮だ。

「うしさん！　おっきい！」

乳牛を触りたがるコン太を「今度、ゆっくり来ようね！」となだめ、売り場の奥にあるジェラート工房へと向かう。

ジェラート工房では、運搬用のケースにジェラートを詰めて、牧場主が待機していてくれた。

「申し訳ありません、いきなり無茶なお願いごとをして」

「後輩たちの頼みとあっては、断れないよ。ただ、ありがたいことにウチも今日は大盛況でね。ミルクのみのジェラートはほとんど残っていないんだ。ミルクベースで、『はるみ』という、平塚産のお米を使用したジェラートでもいいかな」

「きっと喜ぶと思います。生徒たち、地元の食材を活かしたデザートを作りたいと考えているので」

運搬用のケースを受け取り、改めて後日お礼に来ることを告げて、会場に戻る。

ギリギリになってしまったけれど、なんとか時間までに戻ることができた。

「みんな、ジェラートを分けてもらってきたよ。はるみを使ったジェラートだって」

「お米を使ったジェラート？　すごい！」

予想どおり、お米のジェラートを前に、みんな大喜びだ。

「本当にありがとうございますっ」

僕らが時間内に戻ってくることを信じていてくれたのだと思う。泣いていた少女もすっかり気丈《きじょう》さを取り戻している。

作業台には、カップに入った青と濃紺のグラデーションの美しいゼリーが並んでいる。日差しを浴びてきらきらと輝くそれは、空や海の色みたいで、浜辺で食べるデザートにぴったりだ。

フードトラックの前には、すでに行列ができている。

叶ちゃんたちは届いたばかりのジェラートをゼリーの上に載せ、その上に真っ赤なさくらんぼを添えた。

クリームソーダそっくりの、愛らしいデザートが完成する。

「ほぉ、おいしそ！」

歓声をあげたコン太に、ちいさなカップが手渡される。わざわざミニサイズのゼリーを作ってくれたようだ。

手づかみで食べようとしたコン太に、紗夏ちゃんがすばやくスプーンを差し出す。

「コン太くん、スプーン使うの、上手だもんね」

紗夏ちゃんに笑顔を向けられ、コン太はむうっと口をとがらせた。

「じょうず！」

むいっとスプーンを握った手を頭上に掲げ、コン太は胸をそらす。

ぎこちない手つきでゼリーとジェラートをいっしょにすくい、口に運んだ。

「ほぁっ……！　ひえひえぷるん！　うまうまー！」

翡翠色の瞳を大きく見開き、コン太が叫ぶ。

ぷくぷくのほっぺたを桜色に染めて、コン太は瞳を潤ませた。

「しゅわしゅわ、とろーり。とってもおいしいのー！」

「しゅわしゅわ？」

本物のクリームソーダなら、しゅわしゅわするのもわかる。だけど、これはゼリーだ。

「歩さんも食べてみてください」

叶ちゃんに差し出され、受け取ってスプーンですくう。

ジェラートとゼリーをいっしょに食べると、やさしいミルクの甘さとともに、口のなかに爽やかな酸味と、しゅわっと炭酸のような刺激、そしてかすかな塩味が広がった。

「これは……ゼラチンじゃなくて、寒天を使ったんだね」

「炭酸のしゅわしゅわパチパチ感を逃さず閉じ込めたくて、ゼラチンより固まるのが早い寒天を使ったんです。砕いたパチパチキャンディを混ぜ込んであるから、注ぎたての炭酸水みたいに、強い刺激が味わえるんですよ」

「なるほどね。この青い色はなにでつけたの？　グラデーションがすごくきれいだけど」

「バタフライピー、蝶豆《ちょうまめ》の花の色素です。香りがすごく爽やかで夏っぽいですよね」

「だからこんなにきれいな発色なのに、ケミカルな感じがしないんだね。この塩味は？」

ジェラートのなかに、はるみ米が混ざっている。だけど、それ以外にもかすかに舌に残る感触がある。いったいこれはなんだろう。

「軽く炙って、細かく砕いたタタミイワシですよ。平塚産の」

タタミイワシというのは、しらすを細かい網で漉《す》いて天日《てんぴ》干《ぼ》しし、薄い板状に加工した食品だ。平塚を含め、相模湾沿岸ではなじみの食材だけれど、酒の肴《さかな》としての人気が高く、まさかジェラートに混ぜ込むなんて考えつきもしなかった。

「いわれてみると、確かにタタミイワシだ。だけど、全然違和感がないね。かすかな潮の香りが、ミルクジェラートとマッチしてる」

「お米入りだから、余計によく合いますね。うれしい誤算です」

炭酸水のしゅわしゅわ感を閉じ込めた、パチパチキャンディ入りの美しい寒天と、ほんのり塩味の米入りミルクジェラート。高校生らしい、斬新で独創的なアイデアだ。

「しゅわうまー！　おかわりっ」

あっというまに平らげたコン太が、おかわりをねだる。

「まずはお客さんに振る舞ってからだ。コン太、僕らもお手伝いしよう」

禁止されているのは調理の補助だけで、列の整理などは、僕らフードトラック事業者も手伝っていいことになっている。

コン太が大はしゃぎしたおかげで、お客さんは農商高校のデザートに興味津々だ。列もかなり長くなっていて、誘導が必要な状況だ。

「おてつだい、がんばる、おーっ！」

かわいらしい雄たけびをあげ、コン太は短冊を手に、トラックの外に飛び出した。


かな農フェスタは大盛況のうちに幕を閉じた。技術賞、地元愛賞、アイデア賞など、五部門の賞があり、平塚農商高等学校はアイデア賞に選ばれた。

トロフィーと賞品を手に、皆、とてもうれしそうだ。

夕焼けに染まるビーチパーク。笹を見上げると、僕の短冊の隣にあるはずの、高校生たちが書いた短冊がなくなっていた。

「あれ……あの子たちの短冊は？」

じっと目をこらすと、短冊のぶら下がっていたあたりの葉のうち、三枚が青々とした緑の葉になっているのがわかった。

「すごい、緑になってる！　本当に、願いを叶えると復活するんですね」

『なんだ。疑っていたのか』

ガサガサッと笹が揺れ、思いきり不機嫌そうな声が聞こえてきた。

「疑っていたわけじゃないですけど……。で、あの子たちの短冊はどこにいっちゃったんですか」

『お前の目は節穴《ふしあな》か。右端にあるだろう』

稲荷神さまにいわれ、視線を笹の右端に向けると、元の色に戻った彼女たちの短冊がぶら下がっていた。願いが叶うと、黄金色の光は消え、ぶら下がる場所も変わるようだ。

「ところで、三枚しか緑になっていないってことは、もしかして、一枚の短冊の願いごとを叶えると、一枚だけ葉が復活するってことですか」

『そういうことだ。まだたくさん葉が残っておる。せいぜい、励めよ』

「そんな……無理ですよ、こんなにたくさん……！」

思わず叫んだ僕の肩を、誰かが軽く叩く。

振り返ると、そこには博物館の学芸員、坂間さんが立っていた。

「ずいぶんと盛況だったようだね。笹はちっとも回復していないようだけど。そろそろ、廃棄してもいいかな」

「ま、待ってくださいっ。見てください、ここ。ほら、三枚だけですけど、葉が復活しているんです」

緑の葉を指してみせると、坂間さんはじっと目をこらして笹を見つめ、驚いたように目を見開いた。

「本当だ。いったい、なにをしたんだい。専門家の先生が、どんなに手を尽くしても、なんの改善も見られなかったのに……」

僕はコン太と顔を見合わせ、姿勢を正して深呼吸する。僕が答える前に、コン太が満面の笑みで答えた。

「ねがい、かなえる、はっぱ、みどりなるのー！」

コン太の言葉がつたなくて、本当によかった。

坂間さんはきょとんとした顔で首をかしげている。

「太陽ですよ！　太陽の光を浴びたおかげで、復活したんです。だから、お願いします。もう少しだけ、ようすを見ていただけませんか」

廃棄する、というのは、おそらく燃やしてしまうということだ。

この笹が燃やされたら、コン太や稲荷神さまは、どうなってしまうのだろう。

今の稲荷神さまは、他の物体に移ることができないほど弱っている、といっていた。

火をつけられたら、笹といっしょに燃え尽きてしまうのではないだろうか。眷属のコン太も、無事では済まないかもしれない。

炎に包まれて泣きじゃくるコン太の姿を想像し、僕は慌てて首を振った。

嫌だ。絶対に、コン太を、そんな目に遭わせたくない。

「お願いしますっ」

深々と頭を下げた僕に目をやり、坂間さんはちいさくため息を吐いた。

「仕方がないなぁ。あと一カ月だけ、ようすを見るよ。三枚緑になっただけじゃ、信用できないからね」

あと一カ月。

よかった。少しだけ、猶予をもらうことができた。

「頑張ろう、コン太!」

「がんばる、おーっ!」

僕の差し出した手のひらに、コン太がむいっとちいさな手のひらを押しつける。

そんな僕らを眺め、目を細めると、坂間さんはかばんからカメラを取り出し、緑になった笹の葉を熱心に撮影し始めた。


夕暮れどきの、湘南ひらつかビーチパーク。

どの学校のフードトラックも店じまいし、生徒たちはゴミ袋を手に、ビーチ清掃《クリーン》にいそしんでいる。

だいだいと藍のグラデーションに染まる夕焼け空と、心地よい波の音。

「コン太、僕らもお手伝いしよう」

「おてつだうー!」

僕はコン太と手をつなぎ、砂浜へと駆けだした。

第二章　駅前商店街で桃とプリンのトライフル

ついこの間まで、真夏のようにまばゆい日差しが降り注いでいたのに。

ゴールデンウィークが明けると、ぐずついた天気の日が増えた。

今日も空は分厚い鼠色の雲に覆い尽くされ、小雨《こさめ》がぱらついている。

図書館の軒下を貸してもらえているおかげで、なんとか営業できているけれど。雨の日は人通りが少なく、客足も鈍い。

「先週までは、絶好調だったんだけどなぁ……」

今日もランチタイムが終わると、ぱたりとお客さんが来なくなった。

クリームソーダもパフェもマラサダも、どちらかというとその場で楽しむデザートだ。なにか、持ち帰ってゆっくり家で楽しめる目玉スイーツを考えないと、そろそろまずいかもしれない。

「むっちり、うまー！」

生クリームで口のまわりが汚れるのも気にせず、コン太は夢中になって試作品のカップ入りプリンアラモードを食べている。

「味には自信があるんだ。問題は見た目だな」

コン太の口元を拭ってやりながら、食べかけのカップ入りプリンアラモードを眺める。

喫茶店で提供するときのように、皿に盛りつけるとおいしそうに見えるプリンアラモード。持ち帰り用のカップに入れてしまうと、プリン独特の形が損なわれ、なんだかちょっと味気《あじけ》ない。

「こんにちはー。あ、コン太くん、おいしそうなの食べてる！」

制服姿の農商高校の生徒たちがやってきて、コン太を取り囲む。今日は叶ちゃんや紗夏ちゃん、律くんだけでなく、総勢七名の大所帯だ。

コン太はニコニコ顔で、「むーのぷりん、とってもおいしいのー！」と勧めてくれた。

「買って帰ろうかなー。おいくらですか」

「試作品だから、お代はいらないよ」

「ありがとうございます。お礼にSNSでたくさん拡散しますね」

紗夏ちゃんは笑顔で受け取ると、さっそくスマホで動画や写真を撮り始める。

「ちなみに、これ、いくらで販売しようと思ってるんですか」

叶ちゃんに問われ、僕は「四百八十円」と答えた。

「えっ、高ーい！」

「それ、カップスイーツの値段じゃないですよっ」

生徒たちから、次々とブーイングがあがる。

「妥当《だとう》じゃないかな。プリンアラモードだって、たいていの喫茶店は五百円以上するし」

メロンなどの高級果実をふんだんに使い、千円前後の値段をつけている店もある。

「このタイプのデザートを提供するなら、ライバルは喫茶店のプリンアラモードじゃなくて、コンビニのカップスイーツです。カップスイーツに五百円近く払う人、見たことないですよ」

紗夏ちゃんにきっぱりと言い切られ、怯《ひる》みそうになる。

「いや、だけどね。原材料費を考えると……」

「それは作り手の事情ですよね。カップスイーツは三百円以内。超えていいのは、『超有名パティシエ監修』とか『京都の老舗《しにせ》茶屋とコラボ』みたいなやつだけです。それだって、たいていは三百円台です。四百円を超えたら、誰も手に取らない」

「そうなの？」

「見てください。これ」

スマホの画面を突き出され、僕は思わずうなり声をあげた。

『今期注目のコンビニスイーツ』と題された特集記事には、二百円台でボリューム満点、華やかな見た目のデザートがずらりと並んでいる。

「こいつらがライバルか……」

大量生産品と手作りは違う。

そう言い張ったところで、このご時世、なかなか通じないだろう。

「むー、ぽんぽん、いたいいたい？」

心配そうな顔で、コン太が僕の顔をのぞき込む。

「おなかは大丈夫だけど、胃が痛くなってきたかも……」

胃を押さえた僕の足に、コン太はむぎゅっと抱きついた。

「いたいいたい、とんでけー！」

真剣な表情で、コン太は叫ぶ。

「むーのいたいいたい、ないないー！」

特別な力を持つ（らしい）稲荷神さまと違って、眷属のコン太にはなんの力もないのだと思う。

それでも、いっしょうけんめい痛みが消えるよう願ってくれるコン太の姿を眺めていると、心が温かくなって、胃の痛みが和らいでゆくような気がした。

「ありがと。コン太、もう大丈夫だよ」

くしゃりとフード越しに頭をなでると、コン太はうれしそうにぴょこぴょこ飛び跳ねた。

「やさしいねー、コン太くん」

みんなから褒められ、コン太は照れくさそうに頬を染める。

「むー、おいしい、いっぱいつくるの。むー、だいじだいじ」

おいしいものを作ってくれるから大事。食いしん坊なコン太らしい発想だ。

「コン太くん、歩さんの作る料理、大好きだもんね」

「だいすきー！」

天に向かって両手を突き出すようにして、コン太は大きくジャンプした。

元気いっぱい飛び跳ねすぎて、フードが外れそうになる。僕は慌ててコン太の頭を押さえた。

その日のおやつタイムは、農商高校の生徒以外、ほぼ誰も足を止めてくれなかった。売れたとしても、価格の安いマラサダやドリンクメニューのみだ。

「まずいな。梅雨前に本気で対策を練らないと」

夕暮れどきになると、雨が強くなり、ますます客足は鈍くなった。

「今日は早めに閉めようかな。土砂降りになる前に、笹を返さなくちゃ」

博物館に笹を返しに行こうとしたそのとき、鮮やかな青と黄緑、湘南ベルマーレのクラブカラーの傘を差した、背の高い少年が近づいてきた。

「あの、ネットで見たんですけど……」

ちらっと枯れない笹を見上げ、少年は言いづらそうに口ごもる。

「ねがいごと、かいて！」

てとてとと駆け寄り、コン太が短冊を差し出した。

ためらいながらも、少年はそれを受け取る。

小学校高学年くらいだろうか。紗夏ちゃんをはじめ、農商高校の生徒たちがＳＮＳで広めてくれているおかげで、時折、フードトラックのお客さん以外にも短冊に願いごとを書きに来てくれる人が現れるようになった。

だけど、どちらかというと女性が中心で、この年頃の男の子がやってくるのは珍しい。

小麦色の肌に、利発そうな顔立ち。うらやましくなるくらい手足の長い少年だ。

声変わり前のようだし、顔立ちは幼いけれど、身長百七十センチの僕と、目線の高さがほとんど変わらない。

少年はコン太からペンを受け取り、緊張した面持ちで短冊に願いごとをつづった。

書き上がった短冊に、コン太がぱくっと食らいつこうとする。

僕は素早くコン太を抱き上げ、少年に見えないようにして、こっそりと短冊を食べさせた。

あむあむと短冊を頬張り、コン太はごくんと飲み干す。すると、僕の短冊の隣に、黄金色に輝く短冊が姿を現した。

端正な文字で『祖父の七夕飾りが無事に完成しますように』と書かれている。

「この子の願い、叶えてあげるんですか」

小声で笹に話しかけると、『お前とコン太がな』とそっけない声が返ってきた。

「えっ……今の、誰の声⁉」

少年は目を見開き、周囲をきょろきょろと見渡す。

「いまのはねー、いな……むぐっ！」

稲荷神さまのことを明かそうとするコン太の口を、慌ててふさぐ。

この笹には稲荷神さまが宿っている。

そんなの、明かしたところで誰も信じないと思うけれど。それでも、むやみに口外しないほうがよい気がするのだ。

「むーっ、むー！」

大暴れするコン太を抱き上げ、僕は少年に向き直った。

「きみ、名前は？」

「足《あ》立蓮《だちれん》です」

「蓮くん。びっくりさせてごめんね。きみの願いが叶うよう、手伝いをさせてもらいたいんだけど。おじいさんの七夕飾りっていうのは──」

「じいちゃん、七夕飾りを作るのが趣味で。七夕まつりの飾りコンクールで、毎年上位に入選しているんです。今年もめちゃくちゃ張り切って作っていたんですけど。利き手をけがしてしまって……」

　去年の七月から、コツコツ作り続けてきた七夕飾り。あと少しで完成だというのに、けがで作業できなくなってしまったのだそうだ。

　ぴょこんと飛び跳ね、コン太は片手を天に突き出す。

「むー、かざり、つくるのー！」

『この男は手先だけは器用そうだからな。多少は役に立つだろう』

　笹のほうから、また偉そうな声が聞こえてきた。

　蓮くんが、きょろきょろと周囲を見渡す。

「うかつに声を出さないでください。蓮くん、驚いているじゃないですか」

　稲荷神さまにだけ聞こえるように小声で告げると、『安心しろ。我の声は、普通の人間には聞こえぬ』と返ってきた。

「でも、どう見ても聞こえていますよ。蓮くん」

『信じられぬな。聞こえる人間は、ほとんどいないはずなのだが』

「そんなわけないです。僕だって聞こえるんだし」

『お前は特殊なのだ。お前のように――』

「いいから、とりあえず黙ってください！」

　不安そうな顔をする蓮くんが心配になって、稲荷神さまを一蹴《いっしゅう》する。

「むー、けんか、めーっ！」

ほっぺたをぱんぱんに膨らませたコン太が、僕に飛びかかってきた。

ぽかぽかとかわいらしいパンチを繰り出すコン太を抱き上げ、蓮くんに向き直る。

「蓮くん。僕でよかったら、七夕飾り作り、手伝うよ」

「本当ですかっ⁉」

蓮くんが、瞳を輝かせて身を乗り出した。

「もちろん。閉店作業をするから、ちょっと待ってて」

稲荷神さまのいうとおり、手先の器用さには自信がある。工作なんて、小学校を卒業して以来、一度もしていないけれど。きっと、なんとかなるだろう。

そう思い、安請け合いしたものの――。


一時間後。僕は想像していたのとはまったく違う、細部まで作り込まれた巨大な七夕飾りを前に、言葉を失うことになった。

平塚駅前の商店街にある、一階に洋菓子店『西洋菓子 凪《なぎ》』の入ったビルの屋上。

天井の高い十二畳ほどの広さの作業場いっぱいに、荘厳な七夕飾りが鎮座している。

「これ、蓮くんのおじいさんが、ひとりで作ったの……？」

蓮くんは、こくっとちいさくうなずいた。

てっきり、もっとささやかなものかと思ったのに。蓮くんの祖父が作る七夕飾りは、二車線の道幅いっぱいに展開する、七夕まつりでも花形の大型飾りだった。

おそらく、この規模の飾りを作るのは、それなりの規模の企業が中心で、個人が作るものではないと思う。金額だって、何十万、もしかしたら、それ以上かかるかもしれない。

「ほぁ……きれい……！」

瞳を輝かせ、コン太は巨大な七夕飾りを見上げる。

三基ある飾りは、コン太だけでなく、僕や蓮くんよりも背が高い。

平塚の七夕飾りは、他地域のものと比べて、極彩色のカラフルな色使いが特徴だ。

原色の赤や青、黄色や緑、オレンジやピンクなど、毎年メインの通りは、色の洪水《こうずい》のように、さまざまな色があふれかえる。

それに対して、蓮くんのおじいさんの作る飾りは、ぐっと色数が抑えられている。

濃紺をベースに、星の瞬《また》きを表しているとおぼしき銀や金、透明なオブジェがちりばめられており、統一された色使いのなか、台座に載った織り姫人形の淡い桃色の着物と、彦星《ひこぼし》のまとった薄水色の着物がとても映えて見える。

「『七夕飾りは、夜映えるものがいちばんなんだ』って。じいちゃん、口ぐせみたいにいってて。この飾り、一見地味に見えて、電気をつけると、すごくきれいなんですよ」

蓮くんは、そういって作業場の照明を落とす。

「まっくらくら！」

驚いたコン太が、勢いよく僕にしがみついてきた。

暗闇のなか、ほわりとやわらかな明かりが灯る。ねぶた祭の山車灯籠《だしどうろう》のように、織り姫と彦星、二体の人形が内側から輝きを放っているのだ。

台座にも明かりが灯り、彼らのまわりにつるされた、星の瞬きを模した銀色や金色のオブジェがゆっくりと回転して、ミラーボールのようにきらびやかな光を反射した。

「おほしさま、きらきら！」

ぴょこぴょこ飛び跳ね、コン太は歌うように叫ぶ。

「じいちゃん、子どものころ、宇宙飛行士になるのが夢だったらしくて。今も、星が大好きなんです」

平塚の七夕飾りは、時事ネタを反映したものが多いのが特徴だ。その年の大河ドラマや、活躍中のスポーツ選手、話題のキャラクターや有名人など。旬のネタをモチーフにした飾りが来場者の人気を集めている。

「『お前ンとこは、いつも同じだな』って。ライバルからはあきれられているけど。じいちゃんは毎年、織り姫と彦星、天の川を作り続けているんです」

三基並んだ七夕飾り。美しく輝く織り姫や彦星の飾りとは対照的に、明かりの灯っていない真ん中の飾りに目をやり、蓮くんは力なく肩を落とす。

　そのとき、突然、作業場が明るくなった。まばゆさに驚き、「ほぁ！」と叫んだコン太が、ふたたび僕にしがみつく。

「こんなところで、なにをしている」

　険しい声に顔をあげると、そこには真っ黒に日に焼けた老人が立っていた。引き締まった体躯に、短く刈り上げた白髪。片腕はギプスに覆われ、包帯《ほうたい》で肩からつられている。

「じいちゃん！」

　蓮くんが、戸惑うように一歩後ずさる。

「蓮くんのおじいさんってことは、あなたが『西洋菓子 凪』の社長さんですか!?」

　凪は、市内五カ所に支店を持つ、地元では著名な洋菓子店だ。

　地元民からの人気がとても高く、誕生日もクリスマスも、凪のケーキを食べて育ったという者が多い。僕自身もファンのひとりだ。

「私が社長の足立健《あだちけん》だが。お前さんは、いったい私の工房で、なにをしているんだ」

「ごあいさつが遅れて申し訳ありません。僕は博物館前の広場で『たなばたキッチン』というフードトラックをしている川瀬歩といいます。店名にちなんで、店先に笹を飾り、お客さんに短冊を書いてもらっているんですけど。蓮くんの短冊に『祖父の七夕飾りが無事に完成しますように』と書かれていて。なにかお手伝いできれば、と思い、こちらにおうかがいしたんです」

蓮くんのおじいさん、足立さんの表情が険しいものに変わる。

「蓮。なにを勝手なことを」

蓮くんを叱ろうとした足立さんに、コン太が勢いよく飛びかかった。

「めーっ。れん、じーじ、だいじだいじ。だから、たんざくかいたの！」

「コン太。ダメだよ。すみませんっ……。突然飛びついたりして」

慌てて引き剥がそうとしたけれど、コン太は足立さんから離れようとしない。

くんくんと鼻を鳴らし、足立さんの胸に鼻をこすりつけた。

「じーじ、いいにおい！」

コン太がいうとおり、足立さんからは、かすかに甘いお菓子の匂いがする。

「れん、じーじ、だいすき。いっしょめーめ、たんざく、かいたのー！」

舌っ足らずに訴えるコン太の必死さに、足立さんの顔から険しさが消えてゆく。

「願ってくれるのはありがたいが、今年は無理だ。このざまじゃ、どうにもならない」

ギプスを見下ろし、足立さんはため息を吐いた。

腕だけでなく、足もけがしているのだろうか。歩き方が、少しぎこちない。

「じーじ、うで、いたいたい？　あしも？」

心配そうな顔で、コン太は足立さんを見上げる。

「この年になると、悪いところだらけでな。痛いのには慣れておるわ」

「おけが、つらいのー。うそ、よくない！」

ふるふると首を振るコン太に指摘され、足立さんは苦笑を浮かべた。

「お前さんは、やさしい子だな」

褒められてうれしいのか、コン太はにこっと笑って、こくっとうなずく。

「こんた、やさしいきつねなのー！」

「わーっ！」

慌てて抱き上げ、コン太の口をふさぐ。

「きつね……？」

不思議そうな顔で首をかしげ、足立さんはコン太を眺めた。

しっかりフードをかぶせて耳を隠したのに。ズボンにしまったコン太のしっぽがぶんぶん暴れている。

飛び出してこないよう、コン太を抱く腕に力をこめながら、僕は足立さんに告げた。

「お会いできて光栄です。僕、凪の洋菓子の大ファンなんです。母親と二人暮らしだったし、そんなにしょっちゅうは買ってもらえなかったんですけど。子どものころから、誕生日もクリスマスも、いつも凪のケーキだったんですよ」

僕のなかで、洋菓子といえば凪だ。調理師専門学校に通うために横浜に出て以降、横浜や都内の名店の洋菓子を食べたこともあるけれど。洗練されているのにほっとする、どこか懐かしい味のする凪の洋菓子は、今でも僕にとって唯一無二の存在だ。

「社交辞令か」

「違いますっ」

即答した僕の目を、足立さんは試すようなまなざしで、じっと見据える。

「いちばん好きなのは、どの菓子だ」

「ケーキだと、『Nagi《ナギ》』ですね。でも、いちばん好きなのは、実をいうと『トライフル』なんです。すみません。お金を落とさない客で……」

頭を下げた僕に、足立さんは、にやっと笑ってみせる。

「私も、ウチの菓子のなかでいちばん気に入っておるのは、トライフルだよ」

「とらーるる？」

舌っ足らずに復唱し、コン太が首をかしげる。

「透明なカップに、焼き菓子の切れ端や果物、クリームを何層にも重ねたデザートだよ。凪のトライフルは、安くてすごくおいしいんだ」

焼き菓子の切れ端を洋酒に浸した大人向けと、果汁に浸した子ども向けがあり、大人向けは二百八十円、子ども向けは小ぶりなサイズで百八十円。

手頃な価格でおいしい凪の洋菓子を味わえる、人気の品だ。

「『洋菓子は特別な日に食べるぜいたく品』という固定観念をなくしたかったんだよ。誕生日やクリスマスじゃなくても、『食べたいときにいつでも気軽に買える洋菓子もある』と、思ってもらいたかったんだ」

先刻、農商生たちにいわれた言葉が頭をよぎる。

『三百円を超えるカップスイーツなんて誰も買わない』

小学校の遠足のおやつの上限も、僕のころは確か三百円だった。三百円というのは、多くの人にとって、おやつを買うときのひとつの目安になっているのかもしれない。

「コンビニのカップスイーツなんかも、もしかしたら凪のトライフルと同じように『特別じゃない日』に手軽に食べられるおやつを目指しているのかもしれませんね」

「そうだろうな。安く作って大量に売る量販店ってのは、商売敵《がたき》であるのと同時に、『洋菓子も気軽に日常的に食べられるものだ』って価値観を世に広めてくれた、ありがたい存在でもあるんだ」

うむ、と足立さんは、うなずいた。

凪のトライフルは、日によって使われている果実やクリーム、味つけが違う。

真っ赤ないちごとふわふわの生クリームでショートケーキ風の日もあれば、カスタードクリームとあまり生地で作ったクラム、甘く煮たリンゴでクラムケーキ風の日もあり、ブルーハワイみたいな青いゼリーやマンゴーが入った南国風の日もある。

具材だけでなく、生地を浸す洋酒や果汁も日によって違う。

手頃な価格で提供するため、その日、いちばん安く使える材料を使っているのだろうけれど。おかげで何度食べても飽きない『毎日食べたいデザート』に仕上がっているのだ。サイズのちいささも、ちょっとだけ食べたい、という要求を満たしてくれている。

「ぜひ、七夕飾り作りを手伝わせてください。七夕飾り作りは素人ですけど、手先の器用さには自信があるんです」

「そんなことをしても、なんの得にもならんぞ」

「損得の問題じゃないです」

「損得の問題以外で動くような輩は、うさんくさくて信じられん！」

そっけない口調でいわれ、僕はそれでも引き下がることができなかった。

おいしい洋菓子を世に送り出し続けている、地元飲食業界の大先輩。少しでも力になりたい。

「じゃあ、こうしましょう。飾りが完成するまで、お手伝いに来ます。その報酬として、コン太にトライフルを食べさせてくれませんか。売れ残った日だけでいいので」

「凪のトライフルが売れ残る日などない！」

毎日完売だ、と、つれない足立さんに、コン太がむぎゅっと抱きつく。

「とらーるる、たべたいのー！」

ぎゅうぎゅうに抱きついたまま、とらーるる、とらーるる、と連呼するコン太に、足立さんは困惑げに眉を下げる。

「じいちゃん、お願いしようよ。そんな良心的な報酬で手伝ってくれる人、きっと他にいないよ。おれ、今年のじいちゃんの飾りが完成するとこ、どうしても見たいんだ」

蓮くんの言葉に、足立さんはハッとしたように目を見開く。

「蓮は七夕飾り作りを『くだらない』と思っておらんのか。お前の父親も、美恵《みえ》さんも、口を開けば『いつまでもそんなことに熱中して……』と小言《こごと》ばかりだ」

「別に思ってない。じーちゃんから七夕飾りを取り上げたら、レースしか残んないし。そっちに集中されるほうが、危なっかしいよ」

「危なっかしいことなんかあるか！　今だって蓮より、私のほうが速いんだぞ」

「レース？」

首をかしげた僕に、蓮くんが教えてくれた。

「じいちゃん、いい年してトライアスロンレースに夢中なんです。そのけがも、自転車《バイク》トレーニング中の接触事故が原因なんですよ。浜屋《はまや》の社長と張り合って、落車したんです」

浜屋というのは、駅前にある商業施設のことだ。昔は百貨店だったけれど、今はテナントビルになっている。

「それで、真っ黒に日焼けしているんですね。すごい。僕なんか超インドアだから。スポーツが得意な方って尊敬します」

「私だって、若いころから得意だったわけじゃない。試作品を味見し続けていたら、ぶくぶく太って、身体のあちこちにガタがきてな。健康のためにジョギングを始めたら、いつのまにかハマってしまったんだ」

「凝《こ》り性《しょう》だからなぁ、じいちゃんは」

「蓮。お前だって、人のこといえないだろう。トライアスロンに夢中になりすぎて、塾をサボって怒られてばかりじゃないか。大翔《ひろと》くんと張り合って、連日トレーニング漬けだろう」

足立さんにあきれた顔をされ、蓮くんは、ふいっと顔を背ける。

「大翔なんか関係ないし！　塾をサボってるのは、そんな理由じゃない。おれは……洋菓子職人になりたいんだよ。勉強なんか、必要ないんだ」

足立さんは瞳を見開き、しばらく孫の横顔を見つめた後、照れくさそうにそっぽを向いた。

「洋菓子職人だって、賢くなけりゃ、成功できないぞ」

「わかってるよ。適度に勉強してる」

「うそをつくな。この間の模試も順位が低かったって、美恵さん、嘆《なげ》いとったぞ！」

ポンポンと飛び交う言葉。コン太が不安そうに二人を見比べる。

「じーじ、れん、けんか？」

「違うよ。これは二人の愛情表現なんだ。すごく仲のいいおじいさんとお孫さんだよ」

僕は祖父にも祖母にも、父親にさえ一度も会ったことがないから。正直、ちょっとだけうらやましい。

「なかよし？」

「うん、なかよし」

「こんたも、むーとなかよしする！」

ぴょこぴょこ飛び跳ねた拍子に、フードがずり落ちそうになる。慌てて抱き上げると、コン太は、「なかよしー！」と叫んで、僕に飛びついた。

コン太の身体はちいさいくせにずしりと重たい。だけど、今はその重さと温かさが、少しだけ心地よく感じられた。

「お願いします。お手伝い、させていただけませんか」

再度、頭を下げた僕に、足立さんは無言のままうなずく。蓮くんの顔が、ぱぁっと笑顔になった。

「おれも、手伝うからっ」

「こんたもー！」

おーっと片手を天に突き出し、コン太が僕の腕のなかで雄たけびをあげる。

足立さんは「ありがとな」とやさしく目を細めた。

翌日から、僕とコン太は『西洋菓子凪』のビルの屋上にある作業場に通うようになった。凪のビルはいつも甘い匂いがして、コン太は来るたびに、くんくんと鼻を鳴らして大はしゃぎだ。

「けーきのおうち。だいすきなのー!」

七夕飾り作りをする屋上の作業場にも、いつも甘い香りが漂ってくる。

「けーきっ、けーきっ、いいにおいー」

ゆっさゆっさと身体を揺すりながら、今日もコン太は謎の歌を歌った。

「じーちゃん、『今日は早生の桃が手に入ったから、桃のトライフル作ってやる』っていってたよ」

蓮くんの言葉に、コン太はぱぁっと顔を輝かせる。

蓮くんが短冊に願いごとを書いてから、二週間が経った。

足立さんのギプスはまだ取れず、慣れない僕と蓮くん、コン太の三人だけでは、なかなか作業が進まない。

七夕まつりまで、あと一カ月と少し。なんとかして、仕上げなくてはならない。

今日の作業は、天の川を模した濃紺のネットに、ひとつひとつちいさな星の飾りを取り付けてゆく、根気のいる作業だ。

細かい作業が苦手なコン太は苦戦して、早くも音《ね》をあげそうになっている。

「むぅー」とうなり声をあげ、うまくはまらない星のパーツをぐいぐい押し込んでいる。

「ほら、コン太、こうするとはめやすくなるよ」

今にも暴れ出しそうなコン太の手を取り、僕は取り付け方を教えてあげた。

「むー、ずるい。おてて、おっきい！」

コン太のちいさな手では、力を入れるのも難しいのだろう。

「どうしても難しいようなら、いっしょにやろうか」

「いっしょ、するのー！」

お手伝いをする気満々なコン太。休んでいていいよ、というと、拗《す》ねてしまう。

正直にいえば、僕と蓮くんだけで作業を進めたほうが早いのだけれど。

できるかぎりコン太がお手伝いをしているという満足感を味わえるように、僕はさりげなくサポートし続けた。

「それにしても、桃かぁ、もうそんな時期なんだね。凪の桃タルト、おいしいよね。母の大好物なんだ。毎年、すごく楽しみにしてる」

「もも。もーも！　もも、おいしい？」

つぶらな瞳で、コン太がじっと僕を見上げる。

「おいしいよ。やわらかくてジューシーで、凪の桃はね、とっても甘いんだ」

「ほぁー。ももとらーるる、たべたいー！」

だらりとよだれを垂らし、コン太は指を咥《くわ》えた。

フードの下、獣耳がぴくぴく動いているのがわかる。僕はさりげなく身体の位置を変え、蓮くんの視界からコン太を隠した。

「頑張ってお手伝いしたら、食べられるよ。もう少し頑張ろう」

コン太のよだれを拭ったそのとき、乱暴に扉が開く音がした。

振り返ると、蓮くんと同じ年頃の、浅黒い肌をした勝ち気そうな小柄な少年が立っている。

「強力な助っ人がいるっていうから、どんなやつかと思って見に来てみれば……。こんなチビのことかよ」

小ばかにしたように鼻で笑って、少年がコン太を見下ろす。

「ちび……？」

不思議そうな顔で、コン太は少年を見上げた。

「お前のことだよ、チビ。チビって言葉も知らないのか」

コン太を小突こうとした少年を、蓮くんがすばやく突き飛ばす。

「やめろよ、大翔《ひろと》。コン太はちっちゃな身体で、毎日、いっしょうけんめい手伝ってくれているんだ」

「コン太？　は？　なにそのキラキラネーム」

「きらきら……」

きょとんとした顔で首をかしげるコン太を守るように背後に隠し、蓮くんは少年を睨みつけた。

「うるさい。お前の名前だって、読みにくい漢字じゃないか。ふりがなが振ってなかったら、絶対読めない」

「なんだとっ！　読めないのは、お前の勉強不足だろっ」

つかみかかろうとした少年、大翔くんを、蓮くんは思いきり突き飛ばす。

「コン太、危ないっ」

急いで駆けつけ、僕はコン太を抱き上げる。

「きみたち、ケンカなんかしちゃダメだ。ここには大切な……」

最後まで言い終わる前に、大翔くんが大声を張り上げ、蓮くんに突進した。

蓮くんが、さっと交わし、勢い余った大翔くんが床につんのめる。

「てめぇ！」

殴りかかってきた大翔くんに、蓮くんは足払いを食らわせた。

体勢を崩した大翔くんが、派手に転倒する。その拍子に、彦星の載った飾りに背中から突っ込んだ。

「うわっ、危ない！」

コン太を抱えたまま急いで駆け寄ったけれど、どうにもできなかった。ぐしゃりと嫌な音がして、彦星の灯籠が大翔くんの下敷きになった。

台座も何本か骨組みが折れ、無残に壊れている。

「大翔、お前のせいで、じいちゃんの大事な七夕飾りがっ！　どうしてくれるんだよっ」

蓮くんが大翔くんに馬乗りになって、拳を振り上げる。

「めーっ！　けんか、めっ、めっ！　だめなのーっ」

コン太は蓮くんに飛びつき、振り上げた拳にがぶりと噛みつく。

「なにするんだ、コン太。離せっ！」

「むーむむっ！」

拳に噛みついたまま、コン太がむぐむぐと叫ぶ。

大暴れしたせいでフードが外れ、きつねの耳があらわになってしまった。

「コン太っ」

駆け寄って引き剥がそうとしたけれど、コン太はいうことをきかない。

ズボンがずり落ちて、もふもふのしっぽまで飛び出してしまった。

「ひ、ひ、ひぁっ、バ、バケモノ……！」

腰を抜かした大翔くんが、震えながら四つん這《ば》いの姿勢で部屋を出て行こうとする。

追いかけようとした蓮くんにむぎゅーっと抱きつき、コン太は必死で止めようとした。

「コン太……お前、その耳……」

不安げな瞳で、蓮くんはコン太を見つめる。

「ほぁっ……。みみ、ないない！　ないないするのっ！」

コン太がフードを引っ張った拍子に、ぶるんと大きなしっぽがパーカーのすそから姿を現す。

目を見開き、口をぱくぱくさせる蓮くんに、僕は慌てて言い訳した。

「よくできてるでしょ。友だちが大学でロボット工学の研究をしていてね。動物そっくりなロボットを開発しているんだ。この耳としっぽは、彼がくれたおもちゃなんだよ」

うわずった声で、早口にまくし立てる。

蓮くんは何度も目を瞬かせ、コン太の耳としっぽを見比べた。

「れん……こんこん、きらい……？　こんた、きらいになる……？」

ぎゅうっとパーカーのフードを押さえ、今にも泣き出しそうな声で、コン太が蓮くんに問う。

蓮くんはおびえた顔をしながらも、ふるふると首を横に振った。

「きらいになんて、ならない。でも……ほんとに、おもちゃなの……？」

コン太のお尻からにょっきり生えたしっぽが、どう見ても生きているとしか思えないような動きで、ぶんぶんと揺れている。

「う、うん。おもちゃ、だよ」

ぎこちなく笑顔を作り、僕は答えた。コン太を抱き寄せたそのとき、誰かが階段を上ってくる音がした。慌ててコン太のしっぽを、ズボンのなかにしまう。

「いったい何事だ。大騒ぎして」

足音の主は、蓮くんのおじいさん、足立さんだった。蓮くんの拳ににじむ血を見て、心配そうに眉をひそめる。

「じーじ、ごめんなのー。こんた、れん、がぶってしたのー」

ぴょこんと頭を下げたコン太をかばうように、蓮くんが立ち上がる。

「コン太は悪くない。大翔とケンカしたんだ。じいちゃん、ごめん。おれのせいで、大事な七夕飾りが……」

無残につぶれた彦星を見下ろし、足立さんは力なく首を振る。

「気にする必要はない。どうせ、今年は棄権《きけん》する予定だったんだ。そんなことより、早く消毒したほうがいい。川瀬くん、コン太くん、せっかく頑張ってくれたのに、完成させられずにすまなかったね。明日からは、もう来てくれなくていいから」

ふるふると首を振って、コン太はつぶれた彦星に駆け寄った。

ちいさな身体で、いっしょうけんめい、自分の身体よりも大きな彦星の灯籠を抱え上げる。

「やー。ひこ、なおすのー！」

「無駄だ。今さら、直しようがない」

足立さんが止めるのも聞かず、コン太は彦星を離そうとしない。

つぶらな瞳いっぱいに涙をため、コン太は不器用な手つきで、彦星の形を整えようとした。

「ないない、だめ。ひこ、おりーめ、すき」

「しかし、いくらお前さんたちが手伝ってくれても、人形灯籠は作れないだろう。これを作れるようになるまでに、私だって長いことかかったんだ」

どんなに頑張っても、自分では直せないことに気づいたのかもしれない。彦星を抱えたコン太が、てとてとと僕に駆け寄ってくる。

「むー、おねがい。ひこ、なおすのー」

ぽろぽろと大粒の涙を流すコン太を前に、どうすることもできなくなった。

直せるものなら、直してあげたい。だけど、どう考えても素人の僕には無理だ。

「私が直そう」

そのとき、誰かの声がした。顔をあげると、そこには小柄だけれどがっしりした体格の、浅黒い肌をした老人が立っていた。彼の後ろに隠れるように、大翔くんの姿もある。

「雄大《ゆうだい》。なんのつもりだ」

険しい顔で、足立さんはがっしりした小柄な老人を睨みつける。

「ウチの孫のせいで壊れたんだろう。だから、直すといっている。どれ、見せてみろ」

灯籠に伸ばしかけた雄大さんの手を、足立さんは、そっけなく払いのける。

「お前の助けなどいらぬ！　お前の自転車《バイク》さえ接触しなければ、こんな事故に遭わずに済んだんだ」

「えっと、この人は……」

小声で尋ねた僕に、蓮くんが教えてくれた。

「大翔のじいちゃんで、浜屋の社長さんだよ。昔っから、ウチのじいちゃんのライバルなんだ。トライアスロンでも七夕飾り作りでも、いっつも表彰台を巡って張り合ってる」

「らーばる……？」

不思議そうな顔で、コン太が首をかしげる。

「「こんなやつ、ライバルなんかじゃない！」」

雄大さんも足立さんも、同時に声を張り上げた。

「なかよしさん……！」

二人を指さし、コン太が楽しそうな歓声をあげる。

「「仲良しなわけがあるかー！」」

どこからどう見ても仲良しだ。吹き出しそうになった僕の目の前で、いい年をした老人二人が、胸ぐらをつかみ合ってにらみ合う。

「やめろよ、じーちゃん、大人げない！」

「いっつも張り合ってばっかで、恥ずかしいと思わねーのかよ！」

止めに入った蓮くんと大翔くんに、老人たちはすかさず反論した。

「ケンカばかりしているお前らに、いわれたくないわ！」

「うっせぇなー。その、ケンカばっかの俺らが、七夕飾りを直すために休戦するっていってんだぜ。ジジイたちもちったぁ大人になれよ！」

老人二人を怒鳴り飛ばした後、大翔くんは気をつけの姿勢をして、深々と頭を下げた。

「コン太。チビなんていって、悪かった。大人げなかった。謝るよ。――蓮。てめぇのことは気に食わねぇが、飾りを壊したのは全部俺が悪い。俺とジジイで手伝うから、七夕までになんとか直そうぜ」

大きく目を見開き、蓮くんは何度もまばたきをくり返す。

「んだよ、その顔は。手伝ってほしくねぇのかよっ！」

ふてくされた大翔くんに、蓮くんはふるふると首を振る。

「手伝ってほしい。不器用な大翔が戦力になるとは思えないけど。大翔のじーちゃんがいたら、百人力だ」

「てめぇ！」

「やめろ、お前たち！」

祖父に一蹴され、二人は肩をすくめてみせる。

ふんっと顔を背け合いながらも、二人の表情は、晴れ晴れとしているように見えた。

言い合いながらも、四人は楽しそうに修復作業に取りかかる。

「僕らは、もう必要ないかもしれないね」

コン太を抱き上げ、そっと作業場を後にしようとしたそのとき、大翔くんが近づいてきた。

めいっぱい背伸びをして、小声で僕に耳打ちする。

「安心しろよ。コン太の秘密、誰にもバラさねぇから」

目を見開いた僕に、大翔くんはにっと笑ってみせる。

ちいさな声だったけれど、蓮くんには聞こえたようだ。

「ばかだなぁ、大翔。コン太の耳としっぽは作り物なんだぞ。東京の大学でロボットの研究をしている、歩さんの友だちが作ったおもちゃなんだ。まさか、本物の化けギツネだと思ったのか」

蓮くんにあきれた声でいわれ、大翔くんの顔がみるみるうちに真っ赤に染まる。

「ば、ばっかじゃねぇのっ。し、信じるわけねぇじゃん！　ば、化けギツネとか、いるわけねーしっ」

　慌てふためく大翔くんを、蓮くんが笑い飛ばす。

「小六にもなって、作り物と本物の区別もつかないなんて。ガキだな」

「う、うるせー！　あんなにリアルなの、初めて見たんだから仕方ねーだろっ！　あんなの見たら、誰だって本物だと思うに決まってるっ」

「『いつまでケンカしてんだ！』」

　取っ組み合いのケンカをしかけた二人は、祖父二人に首根っこをつかまれ、強引に引き剥《は》がされる。

「じゃーな。コン太」

「またね、コン太」

　笑顔で手を振る蓮くんと大翔くんに見送られ、僕とコン太は甘い匂いに包まれた作業場を後にした。


　すっかり夜の帳《とばり》に包まれた商店街を、コン太と手をつないでのんびりと歩く。

　七夕まつりの有名な地域だけあって、商店街には随所に七夕にちなんだモチーフがちりばめられている。

　稲荷神さまのことが大好きなコン太は、笹の葉や七夕飾りも大好きなようだ。

七夕モチーフを見つけては、大喜びしている。

「ほぁ、ここにも！　たなばた！」

七夕飾りの書かれたマンホールを指さし、コン太はぴょこぴょこ飛び跳ねた。

「長年暮らしていても、意外と気づかないんだよなぁ。コン太、よく見つけたね」

えらいえらい、と頭をなでると、コン太はうれしそうに目を細める。

そして、きょろきょろと周囲を見渡し、一点に視線を向けると、僕のシャツをつかんで引っ張った。

「え、なに、どうしたの⁉」

コン太が僕を引っ張っていった先は、商店街の一角にある広場、『紅谷町《べにやちょう》まちかど広場』だった。

湘南スターモール商店街のイメージキャラクター、星をモチーフにしたゆるキャラ、湘南ひこ丸くんと、ひらつかナナ姫ちゃんが描かれた常設ステージのあるこの場所は、七夕まつり開催時にはたくさんの笹飾りで彩られ、多くの人が訪れる。

『枯れない笹』も、毎年、この広場に飾られていた。

「たなばた、いつも、ここくるの！」

懐かしそうに、コン太は目を細める。

まつりの会場のなかでも、特に人通りの多いメイン通りだ。この場所に飾ってもらえたら、きっとたくさんの短冊が集まるだろう。

そのためにも、七夕まつりまでに、他の笹と比べて見劣りしないよう、枯れた葉をたくさん緑の葉に戻さなくてはならない。

今のままでは会場に飾るわけにはいかない、と坂間さんにいわれているのだ。

「今年こそ、無事に七夕まつりができるといいね」

こくっとうなずき、コン太はいつも枯れない笹が置かれていた場所に立った。

「いなりさま、げんき、なりますように」

ちいさな手を合わせ、コン太はぎゅっと目を閉じて祈る。

僕もコン太の隣に立って、「元気になりますように」といっしょに祈った。

しばらく祈り続けた後、コン太はハッとしたように目を開く。

「むー、たいへん！」

「なに。どうした」

「ももとらーるる！　ももとらーるる、ないない！」

ぴょこんと飛び跳ね、凪に駆け戻ろうとするコン太を、僕は慌てて抱きとめる。

「ちょっと待って。せっかく四人が仲良く作業してるのに。邪魔したらダメだよ」

「もーもっ、もーもっ！　ももとらーるるー！」

手足をばたつかせて、コン太は大暴れする。フードが取れそうになって、僕はコン太の頭を顎《あご》で押さえた。

「わかったよ。僕が作るから。だから、蓮くんたちのこと、今日はそっとしておこう」

「むー、もも、つくる？」

きょとんとした顔で、コン太が僕を見上げる。

「フードトラックはもう片づけちゃったから、瑛士さんの店に行こう。あそこなら、まだ開いているから」

桃トライフルを食べられるとわかり、コン太はようやく安心したようだ。

暴れるのをやめて、するりと僕の腕から抜け出した。

「ももとらーるる！」

ちいさな拳を天に突き上げ、コン太は元気いっぱい叫ぶ。

「桃、トライフル、だよ」

「とらーるるー！」

コン太には『トライフル』という言葉は、難しいのかもしれない。

とらーるる、とらーるる、と謎の歌を歌うコン太と手をつなぎ、僕は瑛士さんの店へと向かった。

『たなばたキッチン』のオーナー、瑛士さんの店『夜喫茶 七夕』は、西洋菓子凪の本店ビルが建つ湘南スターモール商店街よりも一本駅寄りの通り、紅谷パールロード商店街にある。

居酒屋や漫画喫茶、パチスロやカラオケ店、ファストフード店などが建ち並ぶこの通りは、市内でも特に飲食店の多い通りだ。夜遅くまで営業している店も多い。

年季の入った雑居ビルの一階。古めかしい木製の扉を開くと、おいしそうなデミグラスソースの匂いが漂ってきた。

「おう、どうした。歩。珍しいな、コン太を連れてくるなんて」

やわらかな照明の灯る、昭和レトロな内装の店内。

飴色《あめいろ》の木製カウンターの向こう側、炒《いた》め物をしながら、瑛士さんが声をかけてくる。

店内は会社帰りとおぼしきひとたちで賑《にぎ》わっている。

『夜喫茶』と名付けられているけれど、瑛士さんの作るおいしい料理を目当てに、おなかをすかせたお客さんたちが定食屋代わりに利用しているのだ。

子どものころから通い続け、高校三年間、アルバイトをしていた店。

僕が料理人を目指すことになった、原点のようなお店だ。

「忙しいときに悪いんだけど、終わったら店を手伝うから、厨房の隅っこ、貸してもらってもいい？」

「別に構わねぇけど。コン太になにか作ってやるのか」

「桃のトライフルを作ってあげようと思って」

「トライフル？　なんでまた、そんなもん」

「凪のトライフルを食べさせてあげる約束だったんだけど、手に入れ損ねちゃって」

「大人気だもんなぁ、凪のトライフル。いいけど、桃はあるのか。ウチにはまだねぇぞ」

店に来る前にスーパーで購入した桃を差し出す。

「食べごろには、だいぶ早ぇな。このまま食っても、うまくないぞ」

「わかってる。でも、他になかったんだ。青果店はもう閉まっているし」

とらーるる、とらーるる、と舌っ足らずに歌い続けるコン太を見下ろし、瑛士さんはおかしそうに吹き出す。

「この調子じゃ、作ってやるまで収まりそうもねぇな。コンポートにしたらどうだ」

「そのつもりだよ。コンロ、借りるね。あと、なにか焼き菓子の切れっ端みたいなの、もらえると助かる」

「焼き菓子の切れっ端はねぇが、フレンチトースト用のブリオシュならあるぞ。それでもよけりゃ、好きに使え」

瑛士さんは調理の手を止めることなく、顎をしゃくってパンの場所を教えてくれた。

「コン太、狭くて危ないから、そこでじっとしていてね」

「じーっ！」

コン太はこくんとうなずき、厨房の隅に置かれたイスにちょこんと腰かけた。

「狭くて悪かったな！」

瑛士さんに小突かれながら、桃の皮をむいて二つにカットする。

半分はシロップで煮てコンポートに。もう半分はおろし器でおろしてピューレにした。

おろしたての桃ピューレにブリオシュを浸し、冷蔵庫で冷やす。

「なにかゼリーやプリンみたいなものも、もらえるとありがたいんだけど」

さりげなくねだると、「仕方ねぇなぁ」といいながらも、瑛士さんはお手製のプリンを分けてくれた。

「ぷりん！」

飛びつこうとするコン太を制し、トライフルの仕上げにかかる。

できたてのコンポート。半分はスライスし、残りはさいの目にして、桃ピューレに浸したブリオシュとプリン、桃の果肉を交互に透明なグラスに重ねてゆく。

てっぺんにスライスした桃と生クリーム、ミントの葉を載せたら完成だ。

「どうぞ、めしあがれ」

桃のトライフルを前に、コン太は大きく目を見開き、きらきらと瞳を輝かせる。

「ほぁー、ももとらーるるー！」

大口を開けてグラスにかぶりつこうとするコン太に、すかさずスプーンを差し出した。

「直接かぶりついたら、グラスにごっちんしちゃうよ」

むうっと口をへの字にしながらも、コン太はスプーンを握りしめる。

ひとさじすくって口に運ぶと、へにゃっと愛らしい笑顔になった。

「ほかほか、とろっとろー、ひえひえ、もっちうま！」

できたてのあったかな桃のコンポートと、冷たいプリン。桃の果汁を吸ったブリオシュ。

想像しただけで、よだれが出そうな組み合わせだ。

「もも、すき！　あまあま、やわらか、じゅわーってするの！」

興奮したコン太のズボンから、ぴょこっときつねのしっぽが飛び出す。僕は慌ててしっぽをズボンのなかに押し込めた。

オムライスの仕上げをしている瑛士さんは、たぶん気づいていない。

ほっとして脱力した僕に、コン太がトライフルをすくったスプーンを差し出してきた。

「むー、あーん」

「えっ、食べさせてくれるの？　どうしたの、おいしくなかった⁉」

なにを食べても、コン太はいつも一瞬で平らげてしまう。

こんなふうに分けてくれるなんて、ものすごく珍しいことだ。

不安になった僕に、コン太はふるふると首を振る。

「ももとらーるる、とってもおいしいのー。でも、ひとつしかないの。むーも、いっしょ、たべるの」

早生の桃は、とても高い。ひとつしか買わなかったことを、心配してくれているのだろう。

「ありがと、コン太。でも、大丈夫だよ。来月になれば値段も落ち着いてくるし、そうしたら――むぐっ……」

僕の言葉を最後まで聞く前に、コン太は僕の口に強引にスプーンをねじ込む。

口のなかいっぱいに、フレッシュな桃の甘さが広がった。

完熟前の甘酸っぱさと、レモン果汁の酸味、ミントの香りが爽やかだ。

果汁をたっぷり吸ったやさしい甘さのブリオシュと、もっちり食感の濃厚なプリン。

口のなかで奏でられるハーモニーに、思わず笑みがこぼれる。

「ありがと、コン太。すっごくおいしいね。桃のトライフル」

こくっとうなずき、コン太は満面の笑みを浮かべた。

「よし、ウチのフードトラックでもトライフルを売ろう！」

洋菓子店と違って、焼き菓子の切れ端はあまり出ないけれど。

ブリオシュフレンチトーストは僕の店のメニューにもあるし、プリンは毎日欠かさず作っている。マラサダの生地が余ったときは、オーブンで焼いて活用できるかもしれない。

プリンアラモードやミニパフェに使っているフルーツを使えば、きっとおいしいトライフルが作れるはずだ。

「とらーるるー！」

大喜びして、コン太がぴょんぴょんと飛び跳ねる。

「大変だ。いつのまにか、こんな時間に。コン太を送っていかなくちゃ」

トライフルを食べ終わるのを待って、コン太を抱え上げる。

「んじゃ、行ってきます！」

厨房を飛び出した僕らに、瑛士さんがひらひらと手を振る。

「おー、気をつけてな。コン太、おやすみ」

「おやすむー！」

元気いっぱい答え、桃の香りのするコン太は、ぎゅうっと僕にしがみついた。


八幡さまの前の歩道橋を駆け上がり、博物館前の広場を目指す。

すでに博物館は閉館していて、ひっそりと静まりかえっていた。

夜勤の警備員さんが見回りに立ったのを確認してから、そっとエントランスに近づく。

「むー、ばいばい！」

扉は確かに閉まっているのに。コン太は子ぎつねの姿になって、扉に向かって勢いよく飛び込んだ。

コン太の姿が、吸い込まれるように消えてゆく。

薄闇に包まれた無人の博物館。明日も会えるとわかっているのに。なぜだかわからないけれど、無性に寂しい気持ちになった。

「とらーるるー！」

コン太の声が、脳裏によみがえる。

ニコニコの笑顔を思い出すと、自然と自分まで笑顔になった。

「寂しがってる場合じゃないな。七夕まつりまでに、なんとかして、笹を緑にしないと」

軽く頬を張って気合を入れ、僕は博物館前を後にした。

第三章　湘南平で織り姫のプリンアラモード

淡いエメラルドグリーンの屋根に、薄桃色の壁面。レトロな洋館をぐるりと取り囲むように、満開のバラが咲き乱れている。鮮やかな赤や黄、可憐なピンク。色とりどりの花を前に、コン太は「はわぁ……」と瞳を輝かせた。

「おはな、いいにおい！」

くんくんと鼻を鳴らし、コン太は吸い寄せられてゆく。

「いい匂いだね。バラっていう名前のお花だよ。とってもきれいだけど、とげがあるから、触らないようにね」

「とげ……？　いたいいたい？」

「いたいいたいだし、きれいなお花は、触らずに離れたところから、そっと愛でるものなんだ。花びらが落ちてしまったら、他のひとたちが楽しめなくなっちゃうだろう？」

「おはな、ないない、こまる！」

こくっとうなずき、コン太はバラに近づくのをやめた。

じっとバラの花を見つめ、深呼吸するように大きく息を吸い込む。

よっぽどバラの香りが気に入ったのだろう。ほっぺたを薄紅に染め、ニコニコ顔だ。

「後でゆっくり観賞しよう。まずは、納品に行こうね」

バラのそばを離れようとしないコン太を促し、洋館の入り口へと向かう。

博物館前の広場から徒歩五分ほどの場所に建つ、八幡山《はちまんやま》の洋館。優美なこの建物は、国の有形文化財にも登録されている、明治期の木造洋風建築だ。

バラの名所として知られており、テラス席では、期間限定で庭園のバラを眺めながらティータイムを楽しむことができる『ばらカフェ』が開催されている。

今日はそのカフェで提供する、薔薇《ばら》みるくプリンを納品に来たのだ。

市内産の生乳を使ったやさしい味わいのみるくプリンに、食用のバラの花びらが入ったバラのジュレをトッピングしたデザート。ほのかなバラの香りと味わいを堪能することができる、優雅な一品だ。

「ごくろうさまです。こちらまで運んでいただけませんか」

洋館の職員に出迎えられ、スリッパに履き替えて、館内に足を踏み入れる。

艶やかな飴色の床に生成の壁。りんどう型のレトロな照明がやわらかな光を放っている。

「ほぁ……。ここ、まえ、きた」

館内を見回し、コン太はつぶやいた。

「そうなの？　いつ？」

僕の問いに、考えるようなしぐさをする。

「いっぱいむかし。こわいこわい、くるまえ」

「コン太って、いつ生まれたの？　百年とか、もっと前から生きていたりするのかな」

きょとんとした顔で、コン太は首をかしげた。

コン太と過ごすようになって、二カ月と少し。その存在に少しずつ慣れてきたものの、いまだにわからないことだらけだ。

生まれたときからずっと稲荷神さまの眷属なのか、それとも、もとは普通のきつねだったのか。コン太自身に質問してもよくわからないようだし、稲荷神さまに質問しても、聞き流されて、まともに答えてもらえない。

懐かしさを感じているのだろうか。あんなにもバラの花が気に入ったはずのコン太は、しばらくその館から、出ようとしなかった。

コン太が八幡山の洋館をなかなか離れたがらず、開店時間ギリギリになってしまった。

コン太を抱き上げて駆け戻ると、フードトラックの前には博物館の学芸員、坂間さんが立っていた。

「おはよう。だいぶ緑の葉が増えてきたねぇ」

感心したように、坂間さんはトラックの脇に立つ笹を見上げる。

「これなら、この笹を廃棄する必要、ないですよね」

「ないのー！」

元気いっぱい僕の腕から飛び降り、コン太が「めーっ！」と坂間さんを威嚇する。

誰に対しても人懐っこいコン太だけれど、『笹を捨てようとしている人』と認識しているせいか、坂間さんに対しては、いつも警戒心をむき出しにしている。

フードやズボンのなかでは、きっと、ふしゃーっと威嚇する猫みたいに、耳やしっぽの毛を立てているのだろう。

ぽかぽかと繰り出されるコン太の猫パンチを、坂間さんは笑顔で受け流す。

「まだ枯れている葉のほうが多いし、『枯れない笹』として七夕会場や博物館に飾るのは難しいと思うよ。『枯れない笹が枯れてる！』って騒ぎになりかねない」

今の段階では、緑の葉は全体の六分の一くらいだ。

「どれくらい緑になれば、『枯れない笹』として堂々と表に出せますかね」

「僕に決定権があるわけじゃないけど。せめて、三分の二は緑にならないと、厳しいんじゃないかな」

この笹を七夕会場に飾るかどうか。最終的な判断を下すのは、坂間さんたち博物館の職員ではなく、七夕まつりの実行委員会なのだそうだ。

「それにしても、どういう仕組みで緑になるんだろう。不思議だよなぁ……」

真剣な表情で笹を見つめる坂間さんに、コン太がてとてとっと駆け寄ってゆく。

坂間さんを見上げ、なにかをいおうとしたコン太を、僕はすばやく抱き上げた。

「コン太、おやつにしようか。揚げたてのマラサダを作ってあげる」

「まららーっ！」

コン太の意識がそれてくれたことに、ほっとしつつ、厨房に入る。

「僕もマラサダを買って帰ろうかな。ホットコーヒーもお願い」

すっかりマラサダ好きになった坂間さんは、甘い匂いを漂わせる揚げたてのマラサダにかぶりつきながら職場へと戻っていった。

五月は雨が多かったけれど、六月に入って以降、晴天の日が続いている。

梅雨入り前の、つかの間の晴れ間かもしれないけれど、今日も空は抜けるような青さだ。

新作のカップスイーツ『たなばたトライフル』が好調なおかげで、時間帯を問わず、多くのお客さんが足を運んでくれるようになった。

短冊に願いごとを書いてくれる人も増えたけれど、稲荷神さまの基準は相変わらずとても厳しく、せっかくコン太が食べても、黄金色に輝く短冊はなかなか現れない。

「残り一カ月弱で、緑の葉を今の四倍にしなくちゃいけないのか……。厳しいなぁ」

ため息を吐いた僕を、心配そうな顔でコン太が見上げる。

「むー、ぽんぽんいたい？」

「大丈夫だよ。ありがと。心配してくれて」

ありがたいことに、開店と同時にお客さんが複数並んでくれた。

瑛士さんの焙煎した豆で淹れたホットコーヒーを出すようになって、モーニングとして利用してくれる人が増えたのだ。

今日も厚切りトーストとサラダ、ゆで卵のついたモーニングプレートやパンケーキ、ホットサンドなどを購入したお客さんたちが、トラックの前のテーブル席や、広場に設えられたベンチで、おいしそうに食べている。

イタリアンレストランで働いていたときには、自分の作った料理を食べる人の姿を目にする機会はなかったから、こうして直接眺めることができるのは、すごくうれしい。

行列が途絶え、フードトラックの厨房から、ほほえましい気持ちでお客さんたちの姿を眺めていると、ふと、図書館の前に人だかりができているのが見えた。

「なんだろう、あれ。なにかあったのかな」

あむあむと好物のマラサダを頬張っていたコン太が、ぴょこぴょこ飛び跳ねて、車外の景色を見ようとする。抱き上げてコン太にも見られるようにしてあげた。

「ほぁ、ひと、いっぱい……！」

ズボンのなかで、ぶんぶんとコン太のしっぽが揺れるのがわかる。

コン太は僕の腕から抜け出すと、厨房の外に飛び出そうとした。

「ちょっと待って、コン太。どこに行くのっ」

「ねがいごと、かいてもらうのー！」

短冊を手に、コン太は人だかりを目指して駆けてゆく。

「すみません、ちょっと行ってきますっ」

テーブル席のお客さんに声をかけ、僕はコン太を追いかけた。


図書館のエントランス前にできた人だかり。ぴょんぴょんと飛び跳ねて人垣のなかを見たがるコン太を肩車して、僕も人々の狭間からなかをのぞいてみる。

すると、人だかりの中央には『湘南ひらつか織り姫』と書かれた、たすきをかけた浴衣姿の三人の女性の姿があった。

織り姫というのは、七夕まつりのキャンペーンガール的な存在だ。まつりの開催に合わせ、『織り姫セレクション』というコンテストで選出される。彼女たちが今年の織り姫なのだろう。カメラを向けられ、華やかな笑顔を浮かべている。

「ほぁ、おきもの、きれい……！」

歓声をあげたコン太に気づき、織り姫たちは笑顔で手を振ってくれた。

反応してもらえてうれしいのか、コン太は両手をあげて、大きく振り返す。

「行くよ、コン太」

「やー！　ねがいごと、かいてもらうのー！」

　短冊を握りしめたコン太は、なかなかその場を離れたがらない。

「気持ちはわかるけど、お店を無人のまま放置するわけにはいかないんだよ」

「むー、むーっ！」

　大暴れするコン太を肩車したまま、僕はフードトラックに戻った。

　しばらくすると、撮影が終わったのか、浴衣姿の織り姫たちが、フードトラックに近づいてきた。厨房を飛び出し、コン太は勢いよく駆けてゆく。

「ねがいごと、かいてほしいのー！」

　短冊を差し出したコン太に、織り姫たちは「かわいい！」と歓声をあげた。

　ねがいごと、ねがいごと、とねだるコン太から短冊を受け取り、三人は願いごとを書いてくれた。

　コン太は書き上がった短冊を受け取ると、僕の背後に隠れ、両手で大事そうに持って、あむっと食べる。

　すると、三人のうち、ひとりの短冊が黄金色に輝いた。

『依織《いおり》くんが元気で暮らしているかどうか、知りたいです』

　元気かどうかを知りたい。なんて、ちょっと変わった願いごとだ。

「あの、この黄金色に輝く短冊を書いたのは……」

僕の問いに、三人の織り姫は不思議そうな顔で笹を見上げる。

『短冊の放つ黄金色の光は、普通の人間には見えぬ』

ガサガサッと笹が揺れ、偉そうな声が聞こえてきた。

「そうなんですか？　僕には見えていますよ」

『お前は特殊だ。笹を回復させるために働く今のお前は、我の眷属のようなものだからな』

「稲荷神さまの眷属？　なんか嫌だな」

『なんだと!?　未熟な若造の分際で、我の眷属を務めることができるのだぞ。ありがたく思え！』

「けんか、めーっ！　めっめ！」

コン太に飛びかかられ、我にかえる。振り返ると、織り姫たちが怪訝な顔をしていた。

「あ、あの、えっと、今のは……っ」

取り繕おうとしたけれど、よい言い訳が思いつかない。咳払いをしながら、僕は彼女たちに向き直った。

「あの、『依織くん』の短冊を書いたのは、どなたですか」

「私、です」

照れくさそうに、すらりと背の高い黒髪の女性が手をあげる。

「もしかしたら、僕たち、なにか力になれるかもしれません」

「本当ですか⁉」

彼女の瞳が、みるみる潤んでゆく。

「念のため確認しますが。稲荷神さま、今回は自分で叶えられますか」

『無理だな。お前たちが叶えろ』

小声で囁いた僕の言葉を最後まで聞くことなく、稲荷神さまは偉そうに言い放つ。

「休憩時間、終わりです。移動しますよー！」

図書館のエントランス前に立った男性が、織り姫たちに声をかける。

「すみません、私たち、撮影に戻らないと」

『依織くん』の願いごとを書いた女性が、申し訳なさそうに頭を下げる。

「このフードトラック、十八時まで営業しているんです。明日も十時から開いていますから。気が向いたときにでも、寄ってください」

彼女はちいさくうなずき、他の織り姫とともに、図書館のエントランスに小走りで戻っていった。

その日の夕暮れどき、彼女は私服姿でフードトラックにやってきた。

「あのっ、依織くんのこと、なにかご存じなんですか」

ここまで走ってきたのかもしれない。息を切らし、頬を上気させている。

身を乗り出すようにして、フードトラックのカウンター越しに問いかけてきた。

「なにか知っているというわけではないんですが。よかったら、お探ししますよ」

僕の返答に、彼女は、ぐったりと肩を落とす。

「すみません。なんだか、期待させてしまったみたいで」

「謝らないでください。もしかしたら依織くんの同級生かなにかだったのかなって、私が勝手に勘違いしただけで……」

ぎこちなくほほ笑み、彼女は乱れた髪を直す。

「よかったら、なにか飲みませんか。プレートランチ屋ですけど、オーナーが喫茶店のマスターなので。ドリンクメニューにも自信があるんです」

サーフボード型のメニュー表。僕はドリンクの欄を指さした。

「季節のフルーツアイスティー、お願いします」

財布を取り出した彼女に、僕は「サービスさせてください」と告げる。

「いえ、そういうわけには」

彼女は引き下がらず、マネートレイに硬貨を置いた。

「じゃあ、せめておまけを受け取ってください。期待させてしまったおわびです。洋酒が入っているんですけど、アルコール、大丈夫ですか」

冷蔵庫からトライフルを取り出し、僕はアイスティーといっしょにテーブル席に運んだ。

ちょこちょこと駆け寄ってきたコン太が、「こんたもとらーるる！」とねだる。

「コン太はさっきおやつを食べたばかりだよね？」

「とらーるるー、るるー！」

ぴょこぴょこと飛び跳ね、コン太はトライフルをほしがった。

「お姉さんといっしょに食べようか。お酒の使われていなさそうなフルーツの部分なら、あげても大丈夫ですよね？」

穏やかな笑顔を向けられ、コン太は大喜びでぴょんぴょん飛び跳ねる。

「アルコールを使っていない子ども向けのものがあるので、取ってきます。ええと――僕はこの店の店主で、川瀬歩といいます。あなたは……」

「長野《ながの》美咲《みさき》、といいます」

今にもよだれを垂らしそうなコン太がイスに座るのを補助しながら、彼女は答えた。

「みさき？　こんたはねー、こんた！　むーがつけてくれた、かわいいなまえなの！」

ぴょこんと飛び跳ね、コン太は元気いっぱい自己紹介する。美咲さんはやさしく目を細め、「本当にかわいい名前ね」と相づちを打ってくれた。

「それで、あの、依織くんっていうのは――」

コン太に子ども向けのトライフルとカフェインレスアイスティーの入ったマグを手渡し、

僕もイスに腰を下ろす。

「子どものころに通っていた、ピアノ教室の先生の息子さんなんです。発表会の連弾《れんだん》などを、いつもいっしょにしていて。それで、仲良くなったんですけど」

いただきます、と手を合わせ、カットフルーツがたっぷり入ったアイスティーをすすった美咲さんが、「おいしい！」と目を見開いた。

「冷水で水出ししたアイスティーなんです。低温抽出すると、苦《にが》みや渋みがなくて、爽やかでクリアな味わいになるんですよ」

「カットフルーツの甘酸っぱさと、よく合いますね。見た目もカラフルでかわいいです」

にっこりとほほ笑み、美咲さんはスマホを取り出した。

「これが、依織くんの写真です」

スマホの液晶画面に、ひとりの少年の姿が映し出されている。ふわふわの栗色の髪に、すきとおるように白い肌。くりっと大きな瞳が特徴的な、天使のように愛らしい少年だ。

「きれいな子ですね」

「小柄《こがら》で華奢《きゃしゃ》で、守ってあげたくなるような美少年だったんですよ。初めて会ったのは私が三歳のときで、ずっと仲良しだったんですけど。私が小六、依織くんが中一のときに、彼、転校してしまって。それ以来、行方《ゆくえ》がわからないんです」

「引っ越し先、教えてもらわなかったんですか」

「引っ越し後に、依織くんから手紙が届いたんですけど、母に取り上げられてしまって……。それ以降、一通も届かなくなりました。私が返事を送らなかったせいで、手紙を出してくれなくなったのかもしれないし、もしかしたら、届いても、私が学校から帰ってくる前に、母が捨てていたのかもしれません」

「どうしてそんな……」

「交際を禁止されていたんです。『受験勉強の邪魔になるから』って」

美咲さんの家は代々医師の家系で、美咲さん自身も中学受験をし、都内の名門私立校に入って医学部受験をするよう、きつくいわれていたのだそうだ。

受験のためにピアノ教室をやめさせられ、教室でできた友だちとも、遊んではいけないといわれていたのだという。

「私、どうしても会いたくて。禁止されてからも、こっそり依織くんと会っていたんです。引っ越しの前日、離ればなれになるのが嫌で、二人で家出をして――」

小学六年生と中学一年生の、幼い恋人たち。家を飛び出したところで、遅くまでいっしょにいられる場所なんて、限られているだろう。

「『愛の鍵』って知っていますか」

美咲さんは、財布からちいさな鍵を取り出し、僕に見せてくれた。

「『湘南平の展望台に互いの名前を書いた南京錠《なんきんじょう》をかけると、永遠に結ばれる』っていうアレですか」

「そうです。十年前、家出をしたあの日、二人で鍵をかけに行ったんです。二人とも運動が苦手なのに、ふらふらしながら自転車をこいで、坂を登って」

湘南平というのは、平塚と大磯《おおいそ》の境目《さかいめ》にある丘陵《きゅうりょう》のことだ。市街地や相模湾《さがみわん》を一望できる見晴らしのよい高台で、夜景スポットとしても人気が高い。

「二人でいっしょに夜景を見て、朝まで帰らないつもりだったんです。だけど、私が持たされていたキッズケータイに、迷子防止機能がついていて……」

学習塾が終わる時間になっても塾の入り口から出てこない美咲さんを心配し、親御《おやご》さんはGPS機能で居場所を特定し、二人を見つけ出したのだそうだ。

別れを告げることもできないまま、強引に引き離され、連れ帰られてしまった。

「一週間後に、私宛てに手紙が届いたんです。差出人欄には知らない女の子の名前が書かれていたんですけど、文字ですぐに依織くんからだってわかりました」

部屋に持ち込み、封筒を開けると、そこにはこう書かれていたそうだ。

『十年後に迎えに行く。七夕の一カ月前、六月七日の夜七時に湘南平の展望台で会おう』

「昨日がその、十年後の六月七日だったんですけど……」

美咲さんはちいさくため息を吐いた後、ぎこちなく笑顔を作る。

「十年も前にした、子ども同士の約束。そんなの、守る人いないって、頭ではわかっていたんですけど――」

　ぐにゃりと笑顔がゆがみ、大きな瞳がみるみるうちに潤んでゆく。

「いつのまにか、あの展望台、老朽化《ろうきゆうか》のせいで立ち入り禁止になっていて……。レストハウスにも行ってみたんですけど、どこにもいなくて……」

　ぽとり、と大粒の涙が、美咲さんの手の甲に落ちる。ぴょこんと飛び跳ね、コン太は僕のポケットからハンカチを引っ張り出して、美咲さんに差し出した。

「コン太くん、ありがとうね」と受け取り、美咲さんはふたたびぎこちない笑顔を作る。

「せめてどこかで元気で暮らしているかどうかだけでも、知りたくて。実は織り姫に応募したのも、依織くんに見つけてもらいたかったからなんです。もしかしたら、連絡をくれるかもしれないって。ばかみたいですね、こんなの……」

　肩を震わせる彼女の頭を、イスによじ登ってめいっぱい背伸びをしたコン太がなでた。

「みさき、ばか、ないのー。みさき、やさしい、いいこー！」

　舌っ足らずな言葉で、コン太はいっしょうけんめい美咲さんを慰めようとする。

　美咲さんは潤んだ瞳のまま、にっこりとほほ笑んだ。

「コン太くん、やさしいね」

「むー、いつも、おみみさわらないように、やさしくなでなでしてくれるの。こんた、なでなで、だいすき！　みさきも、すき？」

「なでなでかぁ……。された記憶、ないなぁ。子どものころから、うち、親がすごく厳しかったから」

「みさき、なでなで、はじめて？」

「初めてかも。ありがとね、コン太くん」

お礼をいわれ、コン太はうれしそうに、ゆっさゆっさと身体を揺する。

「依織くんのこと、SNSで探してみましたか」

「探しましたよ。依織くん、すごく珍しい名字で。お月さまの月に見る、里山の里って書いて、月見里《やまなし》っていうんですけど。どんなに探しても、出てこなくて……」

月見里依織。確かに、ものすごく特徴的な名前だ。

「こんなに探しても出てこないなんて。もしかしたら、もうこの世にはいないんじゃないかって。思い始めたら、たまらなくつらくなって」

美咲さんの瞳から、ふたたび涙がこぼれ落ちる。スマホで『月見里依織』と検索してみたけれど、確かにどのSNSでも、アカウントや記事を見つけることができなかった。

検索サイトを利用して辛うじて見つかったのは、十年以上前、小学生を対象にしたコンクールで、依織くんが賞を受賞したという記事のみだ。

「学校の先生に聞いてみたらどうでしょう。依織くんの通っていた中学校の」

「聞いてみました。でも、『個人情報だから教えられない』と断られてしまって」

「引っ越し前に、依織くんが住んでいた家は？」

美咲さんは長いまつげを伏せ、力なく首を振る。

「一軒家だったんですけど。更地《さらち》にされて、駐車場になっていました」

「十年前に中一だったってことは、今は二十三歳。僕より二個下か。高校の後輩に当たってみます。依織くんのお母さん、ピアノの先生をしていたんですよね。今もどこかで教室をされている可能性はありませんか。どちらに引っ越されたのかご存じないですか」

「手紙に書かれていた住所。都内だったのは覚えているんですけど……。その先は、覚えていなくて」

母親に取り上げられてしまったため、もうその手紙を見ることはできないのだそうだ。

「依織くんのお母さんの、下の名前はわかりますか」

「ごめんなさい。下の名前までは……」

手がかりが少ないけれど、珍しい名前だから、もしかしたら瑛士さんや夜喫茶七夕の常連さんに聞けば、なにかわかるかもしれない。

「いろいろと当たってみます。なにかわかったら、ご報告しますね」

「ありがとうございます」と頭を下げ、彼女はメッセージアプリのＩＤ《アイディー》を教えてくれた。

美咲さんが帰るのを見届けた後、稲荷神さまに声をかける。

「依織くん探し。稲荷神さまの力で、なんとかなりませんか」

『ならぬな。まだ力が戻っておらぬ。お前たちがどうにかしろ』

そっけない声で、一蹴されてしまった。

「どうにかしろっていわれてもなぁ……」

高校時代の部活の後輩に電話をかけてみたけれど、手がかりになりそうな情報を得ることはできなかった。

閉店作業を済ませ、笹を博物館に返却する。いつもは稲荷神さまといっしょに博物館にとどまるコン太が、「いおり、さがすの！」といって、僕についてきた。

コン太を連れて、夜喫茶七夕へと向かう。古めかしい木製の扉を開くと、今日も店内は夕飯を食べるひとたちで賑わっていた。

「いいにおい！」

店内に入るなり、コン太が歓声をあげる。

「おう。うまそうな匂いだろ、コン太。なにか食《く》うか」

「たべるー！」

元気いっぱい答えたコン太に、瑛士さんはお子さまランチを作ってくれた。

ハンバーグにナポリタン、オムライスにタコさんウィンナー。うさちゃんリンゴに、手作りのミニプリンまでついている。

「ふぁああ、おいしそ！」

興奮して、ぴこーんと耳を立てたのが、フード越しにもわかる。さりげなくコン太のフードを直し、僕は瑛士さんに尋ねた。

「『月見里』っていう名前のピアノの先生を探しているんだ。十年前まで、松風町《まつかぜちょう》でピアノ教室をしていたみたいなんだけど。お月さまの月に、見る、人里の里って書く、珍しい名字なんだけど」

「月見里？　知らねぇなぁ。だいたい、俺がピアノの先生なんかと、付き合いがあるように見えるか」

真っ黒に日焼けした肌に、ワイルドな長髪と無精《ぶしょう》ヒゲ。ピアノの先生というよりは、バンドマンやダンサーの知り合いのほうが多そうな風貌《ふうぼう》だ。

「常連のお客さんで、詳しそうな人、いないかな」

あむっとハンバーグを頬張ったコン太が、「うまー！」と歓声をあげる。

「そりゃよかった。歩のハンバーグとどっちがうまい」

瑛士さんに問われ、コン太は「えいじー！」と迷うことなく即答した。

フードトラックが休業の月曜日以外、ほぼ毎日いっしょにいるのだから、少しくらい気を遣ってくれてもよさそうなものだけれど。コン太の素直さは容赦がない。

ぐったりと肩を落とし、僕も瑛士さんが作ってくれた煮込みハンバーグを頬張る。

「うん……。これは仕方ない。ひさびさに食べたけど、ずるい旨さだ」

思わず唸った僕に、瑛士さんは満足げな顔をした。

「当然だ。何十年この厨房に立ってると思ってんだ」

テーブル席のお客さんにドリアをサーブし、瑛士さんはカウンター席の僕を振り返る。

「そういや、常連のお客さんに、調律師《ちょうりつし》をしてるおっちゃんがいるな」

「調律って、ピアノの保守点検みたいなのをする仕事？」

「大ざっぱにいえばそうだな、楽器の状態や、音の高さを整える仕事だ。ピアノの先生なら、その月見里って人の家にも、誰か定期的に調律師が入ってたはずだ」

「そのお客さんの連絡先、教えて」

身を乗り出した僕に、瑛士さんは肩をすくめてみせる。

「連絡先は知らねぇな。ただ、よく行く場所なら知ってる。今日もいるかもしれねぇな」

「どこ？」

「相模川。桐山《きりやま》さん、夜釣りマニアで、週に何日かは相模川で釣りしてるんだ。いっつも同じ場所に車を停めてるから、なんなら見に行って来いよ」

「どこに停めているの？」

「馬入《ばにゅう》公園の近く。サンライフガーデン側の。このあたりだな。たぶん、お前も面識《めんしき》があるはずだぞ。夜中に来ることが多いけど、たまに夕方に来ることもあるから」

スマホのマップ機能で場所を教えてもらい、夕飯を食べ終えた後、コン太とともに調律師、桐山さんの車を探しに行く。瑛士さんの教えてくれた場所に、教えてもらったとおりの特徴の車が停まっていた。

「桐山さん、いるみたいだね」

坂を登って堤防に出て、夜釣りのランプをつけている人を探す。

「いた！　あの人かな。すみませーん。桐山さんですかー」

大きな声で叫ぶと、川で釣りをしている男性が顔をあげ、こちらを見た。暗くて顔が見えないけれど、たぶん、彼が桐山さんなのだろう。

「突然すみません。夜喫茶七夕のオーナーから、あなたのことをうかがって、会いに来ました。そちらにお邪魔してもいいですか」

「来ちゃダメだ！」

堤防《ていぼう》を降りようとした僕に、桐山さんは鋭い声で叫ぶ。

「どうしてですか」

「ライフジャケット、つけてないだろう。そこで待っていて。ボクが上がるから」

桐山さんはそう答えると、竿の先に視線を戻した。なにか釣れたのかもしれない。

しばらくコン太といっしょに待っていると、ライフジャケットとヘッドライトを装着した小柄な中年男性がやってきた。瑛士さんのいうとおり、確かに見覚えがある。

「お待たせ。なんだ、誰かと思えば瑛ちゃんとこのバイトの子かい」

僕のことを覚えていてくれたようだ。にこにことやさしい笑顔で話しかけてくる。

「ここ何年か、見かけなかったような気がするけど、今もあの店で働いているのかい」

「今は瑛士さんが経営する、フードトラックの店長を務めさせていただいています」

「へえ、瑛ちゃん、支店まで作ったのか。すごいね。今度寄らせてもらうよ。で、いったいこんなところまでなにをしに来たんだい」

「実は、人を探しているんです。十年くらい前まで松風町でピアノ教室をしていた、月見里さんという方なんですけれど」

「月に見るに里って書く、月見里先生？」

「ご存じですか⁉」

「有名な先生だからねぇ。で、月見里先生がどうしたの」

「連絡先を知りたいんです。もしご存じでしたら、教えてくださいませんか」

「お断りだね」

桐山さんは笑顔のまま、きっぱりと言い放った。

「どうしてですか」

「月見里先生は、ボクが調律を担当していた大切なお客さんだ。お客さんの個人情報を明かせるわけがないだろう」

「そこをなんとか、お願いしますっ」

深々と頭を下げた僕に、桐山さんはやんわりと答える。

「よそを当たってよ。調律の仕事っていうのは、信用商売なんだ。いくら瑛ちゃんとこの子だからって、お客さんの個人情報を漏らすわけにはいかないよ」

「せめて、どのあたりに引っ越したかだけでも教えていただけませんか」

「教えない。話はそれだけかい。力になれなくて悪いね。じゃ」

川に戻っていこうとした桐山さんの足に、コン太がむぎゅっとしがみつく。

「おしえてほしいのー。みさき、しくしく。かわいそうなのー！」

舌っ足らずな言葉で、精いっぱい懇願するコン太を、桐山さんは困惑した表情で見下ろす。

「申し訳ないが、他を当たってくれ。どんなに頼まれたって、明かす気はないよ」

「そこをなんとか。お願いしますっ」

「おねがいするのー！」

まとわりついて離れようとしないコン太を見下ろし、桐山さんは大きなため息を吐いた。

「調律師のボクが月見里先生の連絡先を明かすわけにはいかない。だけど、彼女の友だちなら、もしかしたら熱心に頼めば、取り次いでくれる人もいるかもしれないな」

「月見里先生のお友だちをご存じなんですか？」

「誰と仲がよかったかまでは知らないけれど。この界隈《かいわい》のピアノの先生方は、合同で発表会をする先生も多いし。お付き合いのあった先生も多いと思うよ」

「この界隈のピアノの先生の、連絡先を教えていただきたいのですが……」

「何度もいうようだけど、お客さんの連絡先を他人に漏らすわけにはいかないんだ。調べたかったら、インターネットなり電話帳なりで、調べたらいいよ」

「おしえてほしいのー！」

「だーめ」

ぎゅうぎゅうしがみつくコン太のおねだり攻撃にも、桐山さんは少しも折れるようすがない。

「電話帳って、長いこと見たことがない気がするんですけど。今もあるんですか」

僕の問いかけに、桐山さんはおかしそうに吹き出した。

「夜喫茶七夕にもあるし、スマホでも見られるよ。『タウンページ』で検索してごらん」

桐山さんのいうとおり、検索すると、すぐに電子版の電話帳を見つけることができた。

平塚市、ピアノ教室、で検索すると、さっそく九件の教室がヒットした。

検索サイトやＳＮＳを使えば、もっと見つけられるかもしれない。

「ありがとうございますっ」

「どういたしまして。しかし、なんだってまた、月見里先生の行方を探しているんだい」

「月見里先生の息子さん、依織くんとお友だちだった方が、十年前、『十年後にもう一度会おう』って約束をされていたんです。だけど、依織くん、約束の場所に現れなかったみたいで……」

「十年前の約束か。十年も経てば人は誰だって変わるから、なかなか難しいだろうね。きみは、十年前に好きだった子のこと、覚えているかい」

桐山さんに問われ、僕は困惑した。十年前といえば、中学三年生だ。そのころの僕は、母親の負担を軽くしたくて、公立高校合格に向けて必死で勉強を頑張っていた。

あまり記憶がないけれど、色恋沙汰とは、完全に無縁だったと思う。

「人ってのは、絶えず変わってゆくものだからね。もしかしたら、想い出は想い出のまま、とどめておいたほうがいいかもしれない。約束の場所に現れなかったのなら、余計にね」

確かに彼のいうとおりだ。今はSNSの発達した時代だ。美咲さんも、いくつかのSNSをしているといっていた。もし、理由があって約束の場所に来られないのだとしても、『行けません』と連絡を入れるくらいは、しようと思えばできたはずだ。

「余計なお節介かもしれないけど、ひとつアドバイスをしてあげよう」

釣り場に戻りかけた桐山さんが、足を止めて僕を振り返る。

「なんですか」

「自宅でピアノを教えている先生は、たいていが女性だ。きみのような若い男がいきなり押しかけたら、警戒して扉を開けてもらうのさえ難しいだろう。この子を連れて行ったほうが、話を聞いてもらえる確率は上がるかもしれない」

コン太を見下ろし、桐山さんは、にこっとほほ笑む。

コン太はぴょこんと飛び跳ね、「こんた、つり、してみたいのー！」と叫んだ。

「夜釣りは危ないからね、昼間なら教えてあげるよ。平塚は釣り好きには最高の地域なんだ」

「つーり！　つーり！」

大はしゃぎでぶんぶん手を振るコン太とともに、僕は釣り場に戻る桐山さんを見送った。


翌週の月曜日、ネットで見つけたピアノ教室に片っ端から聞き込みに向かった。

桐山さんのいうとおり、コン太の存在は絶大だった。

インターフォン越しに「おしえてほしいことがあるのー！」とコン太がお願いすると、たいてい玄関の扉を開けてくれた。

「都内に引っ越されたのは知っているけど、どこに越したか、まではわからないわ。ただ、とても優秀な先生だから。ネットで調べれば、すぐに見つかるんじゃないかしら」

月見里先生と発表会をしたことがあるという水原《みずはら》先生は、僕らをリビングに招き入れ、紅茶とおいしそうなクッキーまで出してくれた。

瞳を輝かせ、コン太は勢いよくクッキーに飛びつく。

「コン太。いただく前に、まずは水原先生にお礼をいいなさい」

「ありがとなのー！」

お礼をいうなりクッキーを口いっぱい頬張ったコン太を見て、水原先生は、ほほえましげに目を細める。

「ちゃんとお礼をいえるなんて、おりこうさんね」

クッキーに夢中で、褒めてもらえたことには気づいていないようだ。コン太は、あむあむと幸せそうにクッキーを食べ続けている。

いただきます、と頭を下げ、僕もひとくち紅茶をいただいてから、話を切り出した。

「月見里って、珍しい名前ですし。なにか出てきそうなものなんですけど。どれだけ探しても、それらしい方の情報がなにも出てこないんです」

「月見里先生、おひとりだったから。再婚して、名字が変わっているかもしれないわ」

盲点だった。母親の名字が変われば、依織くんの名字も変わっている可能性が高い。

「月見里先生の下のお名前、確か、裕子《ゆうこ》さんですよね」

名字の珍しさに対して、下の名前は僕らの母親世代には、とても多そうな名前だ。裕子という名前の、ピアノの先生。都内だけでも、かなりたくさんいそうだ。

途方に暮れた僕に、水原先生が助言をくれた。

「大学名や学科名、経歴まで入力して検索すれば、絞り込めるんじゃないかしら。月見里先生、ピアノ教室もしていたけれど、元々は声楽が専門なの。藝大《げいだい》の声楽科出身で、著名なコンクールでの受賞経験もあるのよ」

大学名、学科名、そして、師事していた先生の名前。さらに受賞したコンクールの名前とともに、裕子という名前を、水原先生はスマホに入力してゆく。

「あった！　月見里先生。この方よ」

スマホの画面に表示された一枚の写真をタップする。すると、それは海外で活躍する日本人女性を紹介する、記事の一部だった。

「まあ、月見里先生、イタリアで活躍されているのね。現地で日本の歌を広める活動をしているんですって。すてきだわ」

イタリアで行われた、『日本の名歌百選コンサート』。その主催者として掲載されている女性が、月見里先生なのだそうだ。

「確かに、ちょっと面影があるかもしれません」

つぶらで大きな瞳と、ふわふわの栗色の巻き毛。美咲さんが見せてくれた『依織くん』の写真に、少し似ているような気がする。

「ビアンキ裕子さん、か。なるほど。現地の方と、再婚されたんですね！」

どんなに調べても出てこないはずだ。

ビアンキ依織。珍しい名前だし、この名前で検索すれば、すぐに見つけられるかもしれない。

「ありがとうございますっ。おかげで無事にたどり着けそうです！」

「ありがとなのー！」

「どういたしまして。ところで息子さんは、三歳くらいかしら。ピアノを始めるの、このくらいの年齢がちょうどいいのよ。体験レッスンだけでも、受けていかない？」

「ほぁ？　ぴあの、おいしい……？」

きょとんとした顔で、コン太が水原先生を見上げる。

「す、すみませんっ、そろそろおいとましますっ。後日、改めてまたお礼に来ますね。いろいろと教えてくださってありがとうございました！」

コン太を抱き上げ、慌てて頭を下げる。

「ぴあのー！　ぴあのー！」

おやつかなにかと勘違いしているのだろう。大暴れするコン太を連れて、僕は水原家を後にした。

コン太とともに、夜喫茶七夕に向かう。

「おう。無事に見つかったか」

仕込み中の瑛士さんに問われ、ちいさくため息を吐く。

「母親の再婚で、住んでいる国と名字が変わったらしいってことがわかったから、簡単に見つかると思ったんだけど。依織くんの名字、イタリアの有名な自転車メーカーの名前といっしょらしくて。検索してもそのメーカーの自転車のページばかり出てくるんだ」

『Iori Bianchi《イオリビアンキー》』で検索した画面を見せると、瑛士さんは「ちょっと貸してみろ」と僕のスマホをつまみ上げた。

「名前を検索するときは、完全一致検索をするんだ。それから、NOT検索で自転車のページを排除。ついでにイタリア語で、若い兄ちゃんが使いそうな単語を足すと……」

すばやく文字を入力する瑛士さんを前に、僕は納得のいかない気持ちになった。

「瑛士さん、なんで大人なのに僕よりスマホの検索スキルが高いの……？」

「歩の検索スキルが若いくせに低すぎるんだ。ほら見つけた。これ、そうじゃねぇか」

目の前に突き出されたスマホには、『Iori Bianchi』という青年のSNSが表示されていた。アイコンをタップすると、顎ヒゲを生やしたいかつい顔が大写しになる。

「同姓同名の別の人じゃないかな。依織くんは、中性的で小柄で華奢な子だったんだ。大人になった今も、たぶんどちらかというと華奢な感じだと思う」

「なにいってんだ。ハリー・ポッターの役者だって、今じゃヒゲもじゃのおっさんだぞ。お前みてぇにガキのころと印象の変わらない男のほうが珍しい」

「いや、それにしたって、違いすぎるよ」

そのアカウントに掲載されている他の写真もさかのぼってみたけれど、顔だけでなく身体も、まったく依織くんらしくないのだ。動物に例えるならばクマ。がっちりと大柄で、筋肉質。天使のように愛らしかった依織くんとは、どう考えても同一人物とは思えない。

「ほぉ、おめめのいろ、いっしょ！」

じーっとスマホをのぞき込み、コン太はつぶやいた。

「目の色？」

僕の問いに、コン太はこくっとうなずく。

「みさき、みせてくれたしゃしん、おめめ、いっしょのいろ」

いっしょ、いっしょ、とコン太はぴょこぴょこ飛び跳ねる。

「メッセージを送ってみろよ。ダメもとで」

「時差とか、大丈夫かな」

「イタリアと日本の時差は、サマータイムだと七時間。日本が十五時だから、イタリアは今、朝の八時だな」

さっとスマホで調べ、瑛士さんは教えてくれた。

「なんなの、その異様に高いスマホスキル……。怖いよ」

「ジジイ舐めんな！　そんなことより、暇ならさっさとＤＭ送って、仕込みを手伝え」

「暇じゃないよ。週に一度しかない貴重な休みだ」

「その貴重な休みに、なんでここに来てんだよ。他に行くところがねぇんだろーが」

痛いところを突かれ、胸を押さえてカウンターに倒れ込む。

「いっそのこと、『見つかりませんでした』ってことにして、お前がその美咲って子を口説けばいいんじゃねーのか」

「そ、そういうわけにはっ……！」

美咲さんの涙を思い出す。あんなにも必死で探しているのに。ここで諦めるわけにはいかないのだ。

テーブル席の一角を陣取って、メッセージを考える。もしこのアカウントの青年が、本当に美咲さんの探している『依織くん』なら、なんとかしてつないであげたい。

「むー、ぽんぽん、いたい？」

コン太に心配そうな顔をされながら、僕は頭をフル回転させて、青年に送るメッセージを考え続けた。


三十分後。スマホの通知音が鳴った。

成り行きで仕込みを手伝っていた僕は、作業の手を止め、手を洗ってスマホに飛びつく。

青年からの返信だ。濡れた手をハンカチで拭い、急いでメッセージを入力する。

『ご連絡ありがとうございます。よかったら、今、少しお話しできませんでしょうか』

ビデオ通話アプリのＩＤを添えて送信すると、すぐに着信があった。

スマホの画面に、アイコンの写真と同じ、いかついヒゲ面《づら》が表示される。

「突然すみません。長野美咲さんのことで、お伝えしたいことがあってご連絡させていただきました。平塚市でフードトラックの店長をしている、川瀬歩といいます」

最後まで名乗る前に、食い気味で依織くん……いや、依織さんの声が返ってきた。

くん、と呼ぶにはあまりにも野太すぎる。ずしりと腹に響くような低音だ。

『お願いします。美咲ちゃんには、このアカウントの存在や、僕の今の名前を、黙っておいていただけませんか』

画面のなかの依織さんが、深々と頭を下げる。

「どうしてですか。誰か他に、好きな人でもできたんですか」

『違います！　見てわかりませんか。今の僕を』

首をかしげた僕に、依織さんは畳みかけるように訴えた。

『失望されたくないんです。美咲ちゃんは、少女漫画から出てきたみたいな、きらきらした華奢な美少年が大好きなんです。子どものころにいろいろあって……男らしい男子や大人の男性を、極端に嫌い、恐れているんですよ』

「そんな感じ、しなかったですけどね。僕とも普通に会話していましたし」

『あなたが、ものすごく人畜無害《じんちくむがい》に見えるからだと思います。特殊事例です』

きっぱり言い切られ、複雑な気分になる。カウンター内で仕込みをしている瑛士さんが、思いきり吹き出した。

「ちんちくむらりー！」

コン太にまで追い打ちをかけられ、ため息を吐きながらスマホに向き直る。

「会わないつもりですか。美咲さんと」

『会えるわけがないでしょう。この見た目ですよ。美咲ちゃんは、今もあのころと変わらず、とても美しい。僕なんかと並んだら、それこそ「美女と野獣」です』

「どうして、美咲さんが今もきれいだって知ってるんですか」

ハッとしたように画面のなかの依織さんが視線をそらす。

「織り姫になったのも、知っているんですね」

『し、知りませんっ……』

「うそだ。チェックしているんでしょう。美咲さんのSNSを。今も、美咲さんのことが好きなんじゃないですか」

ぎゅっと唇を噛みしめ、依織さんはうつむいてしまう。

いかついし、ヒゲもじゃだし、年上に見えたけれど、よく見ると幼《おさな》さが残っているように感じられる。子どものころとは別人のようだけれど、かすかに面影が残っているのだ。

『今の僕を見たら、美咲ちゃんはおびえます。過去の想い出さえ、穢《けが》すことになる』

「そんなの、会ってみなくちゃわからないですよ」

『わかります。考えてみてください。たとえば、あなたと十年前に結婚を誓い合った少女がいたとする。その子が、相撲取りみたいな体型になって現れたらどうしますか』

「どうって……。そうだな。毎日、栄養バランスの取れた弁当を差し入れて、健康になるよう、サポートしてあげると思う。過度な肥満は身体によくないからね」

僕の答えに、依織さんはポカンと口を開く。瑛士さんが思いきり吹き出した。

「残念だが、歩に恋愛の機微《きび》を期待しても無駄だ。男心も女心も、さっぱりわからん鈍《にぶ》チンなんだ」

「なっ、なにいってるんですか。瑛士さん。僕にだって――」

「はいはい。わかったわかった。で、画面のなかのお前さんは、どうしたいんだ。美咲ちゃんがこのままずーっとお前さんのことを探し続けて、ひとり寂しく老いていくのを放っておくのか」

「そ、そんなっ――。見つからないとわかれば、忘れてくれると思います。僕のことは想い出にして、新たな恋を見つけてくれるはずだ」

依織さんの言葉に反応して、コン太がスマホに額をぶつけそうなほど顔を近づける。

「みさき、いおり、すき。ずっと、ずっと、いおり、すきなのー」

『美咲ちゃんが好きなのは、過去の僕だ。声変わりもしていなくて、痩せていて中性的だった、あのころの僕が好きなんですよ』

振り絞るような声で、依織さんは答える。その声はかすかに震えていた。

「依織さんは、もし美咲さんの外見が昔とは全然違うものになっていたら、美咲さんのことを嫌いになりましたか。たとえば、先刻、依織さんがいったように、力士みたいな体型になっていたとして。そんな美咲さんとは会いたくない？」

『会いたくないわけないじゃないですか。どんな姿だって、美咲ちゃんは美咲ちゃんだ』

身を乗り出すようにして、依織さんは叫ぶ。

「いっしょですよ。きっと、美咲さんも同じように思っています」

『だけどっ――』

「みさき、しくしく。いおり、ないない。しくしく、ないてたの。かぎ、だいじだいじしてた」

たどたどしい言葉でいっしょうけんめい伝えようとするコン太の姿に、依織さんの瞳がみるみるうちに潤んでゆく。

『今も、美咲ちゃんは鍵を持ち歩いているんですか』

「持ち歩いてますよ。依織さんとの大切な想い出の品だっていってました。宝物だって」

唇を噛みしめ、依織さんが目を伏せる。顔立ちはすっかり男らしくなったけれど、ふるふると震えるまつげは、今も少年時代の写真と変わらず、とても長い。

「織り姫セレクションに応募したのも、依織さんに見つけてもらうためだっていっていました。この十年間、ずっと、ずっとあなたのことだけを想い続けていたんですよ」

「みさき、いおり、だいじだいじなのー！　いおり、だいすき！」

ほろりと、依織さんの瞳から涙がひと筋こぼれ落ちた。

「ちなみに、どうして七夕ではなく、七夕の一カ月前に再会する約束をしたんですか」

『それは――』

照れくさそうに、依織さんは目をそらす。しばらく沈黙が続いた後、ゆっくりと口を開いた。

『美咲ちゃんの誕生日に、プロポーズしたかったんです。だから、誕生日の前に再会できたらって思ったんです。――指輪のサイズとか、前もって知りたかったし』

不思議そうな顔で、コン太が首をかしげる。

「ぷおぽーず？」

「結婚を申し込むことだよ。ずっといっしょにいようねって、約束することだ」

僕の説明に、コン太はむいっと両腕を天に突き出す。

「ぷおぽーず！　いおり、みさきにぷおぽーず、するのー！」

『だけど、この姿じゃ――』

自分の顔に手を当て、依織さんは苦しそうにうめく。

「ヒゲを剃《そ》ってみてはどうですか。だいぶ印象が変わると思うんですけど」

『実は僕、駆け出しですがオペラ歌手をしているんです。エージェントから、「声質的にヒゲは必須だ」っていわれているんですよ。それにヒゲを剃ったところで、今の僕はもう、あのころの僕とはまったくの別人なんです。美咲ちゃんがなによりも苦手な「男らしい、大人の男」そのものなんですよ』

過去のトラウマなどが原因で、異性に対して嫌悪感や恐怖心を抱いているということだろうか。きっと、それはとても根深い問題で、僕が考えているよりもずっと重く、複雑なものなのだと思う。

事情を知らない僕が、『大丈夫ですよ！』なんて、軽々しくいうことはできない。

それでも、互いに想い合っているのに、このまま放っておくことなんて、できそうになかった。

「プロポーズ、すべきだと思います。どんな結果になるにしても、美咲さんを、過去から解放してあげないと。ちなみに、美咲さんの誕生日って、いつなんですか」

『六月十三日。来週の月曜日です』

「あと三日しかないじゃないですかっ。航空券、今から取れますか」

「おい、歩。今も日本は入国規制中だぞ。チケット以前に、渡航許可が下りない」

瑛士さんに突っ込まれ、僕は今さらのように、ここ数年の世界の状況を思い出した。

「これで、おはなしするのー。みさき、よろこぶ！」

スマホを指さし、コン太は叫ぶ。

「スマホ越しに……？　いくらなんでも、味気なさ過ぎるんじゃないかな」

「だけど、それ以外に方法がねぇだろ。どう頑張ったって入国できないんだから」

十年ぶりの再会。美咲さんの誕生日で、プロポーズをするための大切な日だ。

なにか、特別感を演出できるような、よい方法はないだろうか。

こめかみに手を当て、目を閉じて考え込んでいると、「だいじょぶ？」とすぐそばでコン太の声がした。

「ありがと。大丈夫だよ。あ、そうだ。瑛士さん。市のフードトラックって、決められた場所での営業以外にも、事前に申請すれば、市の許可した場所で営業できるんだよね」

「『市の許可した場所』だけだけどな。なんだ、急に」

「お願いしたら、湘南平で営業させてもらえないかな」

「無理だろ。湘南平の展望レストランは、確か市の公募で選ばれた事業者が運営しているはずだ。あの店の営業妨害になるようなことを、市が許すわけがない」

渋い顔で瑛士さんは首を振った。

「展望レストランは日中しか営業していないよね。夜だったら、妨害にはならないよ」

「そうかもしれねぇけど――」

「いい案があるんだ。フードトラック事業担当の今井さんに、直接相談してみる。依織さん、再会方法は僕がなんとかします。依織さんはプロポーズの準備をしてください。日本時間の六月十三日、十九時。リモートで美咲さんの誕生日会を開催しましょう」

スマホのなかの依織さんに告げ、僕はコン太を抱き上げる。

「あ、おい。ちょっと待て。どこ行くんだ、歩」

「市役所！」

「いきなり押しかけたら迷惑だぞっ」

「ちゃんと事前に電話する！」

店の外に飛び出しながら、僕は市役所に電話をかけた。


突然電話をかけてきた僕に驚きながらも、今井さんは面談の時間を作ってくれた。

市役所の商業観光課に、コン太とともに現れた僕を、イスに座るよう促す。

「お願いします。ひと晩だけでいいんです。湘南平で営業させていただきたいんです」

「おねがいするのー！」

深々と頭を下げた僕の隣で、ぺこりとコン太も頭を下げた。

「ひとつの事業者だけに例外を認めるわけにはいかないんです。今回のフードトラック事業には、たくさんの方が参加してくださっているわけですし」

「フードトラックの営業場所として、湘南平は適していない、ということですか」

「日中ならまだしも、あの場所で夜間営業をするのは、あまりお勧めできません」

「郊外の夜景スポットで夜間営業をすれば、お酒を飲んでばか騒ぎする人が現れたり、未成年者のたまり場になる可能性がある、と心配しているんですか」

「そういった心配もあります。それでは今回のお話はこれで――」

　立ち上がりかけた今井さんを、僕は慌てて引き留めた。

「待ってください。僕の事業案を聞いてください。成功すれば、市の観光資源にもなると思うんです。『愛の南京錠発祥の地、湘南平』にぴったりのアイデアなんですよ」

　いぶかしげな顔で、今井さんは僕を見る。僕はちいさく深呼吸し、問いかけた。

「今井さん、この二年で、フォーマルな外食ってしましたか？　事前に予約を入れて、コース料理を食べるようなお店で」

　今井さんはちいさく首を振る。

「していないですね。このご時世ですし。じっくり腰を据えて食べるようなお店は、もう少し落ち着くまで、控えたいと感じます」

「やはりそうですよね。だけど人生のなかで、『落ち着くまで待つ』わけにはいかないことだってあると思うんです。たとえば二十歳の誕生日だとか、大切な人へのプロポーズだとか」

まじめ腐った顔で、コン太が謎の合いの手を入れる。今井さんが吹き出しそうになった。

「特にプロポーズは、その後の人生を左右する、とても重要なイベントです。フォーマルな場所でしたいと考える人が多いと思います」

「まあ、そうでしょうね。牛丼屋やファストフード店で指輪を渡すのは、難易度が高そうです。もちろん愛があれば、場所なんか関係ないと考える人もいるでしょうけれど」

「ロマンティックな場所のほうが、心強いですよね」

「お気持ちはわかります。僕もそうでしたし」

今井さんは薬指の指輪に触れ、うなずいた。

「そこで、です。市のプロデュースで、この状況下でも安心して食事ができる『屋外プロポーズ・ディナー』を提供するんです」

「ぷおぽーず、りなー！」

またもやコン太が謎の合いの手を入れ、こらえきれず、今井さんが、ぷっと吹き出した。キリっとした横顔から、コン太なりにいっしょうけんめいなのだということが伝わってくる。

「海外のリゾートホテルとかでありますよね。ビーチにテーブルを置いて、キャンドルの灯りに照らされるなか、波音を聞きながら、フルコースディナーを楽しむサービスが。そんなロマンティックなディナーを、美しい夜景を一望できる湘南平で楽しめるようにしたら、きっと人気が出ると思うんです」

「いい案だとは思いますけど……。そんなの、本当にフードトラックでできるんですか」

「不安に思われる気持ちはわかります。なので、試させてください。実証実験をもとに、実現可能かどうか、検討してほしいんです。お願いします。一度でいい。試させてくださいっ」

「ためさせてなのー！」

深々と頭を下げた僕に続いて、コン太もぺこりと頭を下げる。

僕らを眺め、今井さんはちいさくため息を吐いた。

「若い世代が一生の想い出を作れないというのは、由々しき事態ですよね。プロポーズも結婚式もできない、新婚旅行もできない、では、さすがにかわいそうです」

「この案を採用してもいい、って思えてきましたか」

僕の問いに、今井さんは姿勢を正して咳ばらいをする。

「あくまでも『検討』の段階です。屋外ディナーは天候に左右されやすいですし、他にも問題点があるかもしれません」

「問題点を見つけるために――」

「実験してみる価値は、あるかもしれません」

思わずガッツポーズし、「やった！」と叫んだ僕に、周囲から視線が集まってくる。

慌てて口を押さえ、「すみません」と頭を下げた僕の隣で、コン太がぴょこんと立ち上がり、「すみません、なのー！」と叫ぶ。そこかしこで笑いが起こった。

「実証実験は、いつごろを希望されますか」

「十三日でお願いします！」

「今月の、ですか⁉　あと三日しかないですよ」

あきれた顔をする今井さんに、必死で頭を下げる。

「お願いします。二時間だけ。十九時から、二時間だけでいいんです。六月中旬を過ぎると雨の日が増えますし、難しくなると思うんです」

「おねがいするのー！」

コン太もいっしょになって頼んでくれた。

「仕方がないですね。二時間だけですよ。それ以上は、付き合えません」

各方面には私が許可を取っておきます、といって、今井さんは僕の提案を受け入れてくれた。

「天気、崩れませんように……！」

フードトラックのひさしにてるてる坊主をつるし、手を合わせて頭を下げる。笹のほうから偉そうな声が飛んできた。

『お前というやつは。目の前に我という神がおるのに、別の神に祈りを捧げておるのか』

「稲荷神さまにお願いしたところで『力が回復しておらぬ』って断られるだけですし」

『なんという言い草。それではまるで、我が能無しのようではないか！』

「能があるのかないのか知りませんけど。現状、力を使えないのは事実でしょう」

『無礼な！　力くらい――』

「めーっ！　めっ、めっ！　けんか、だめなのー！」

駆け寄ってきたコン太が、僕と笹の間に割って入る。

「ケンカなんてしてないよ。稲荷神さまが、よくわからない言いがかりをつけてきたんだ」

『言いがかり？　おぬしこそ勝手に我を無能扱いして！』

「めー！　けんか、ないない！　だめなのー！」

むい、むい、とコン太は僕と笹に、猫パンチのようなパンチを繰り出した。

「ああ、そうだ。稲荷神さまの相手をしている場合じゃなかったんだった。コン太、行こう。早めに現地入りして、テーブルセッティングをしないと」

苦言を聞き流しながら笹を博物館に戻し、コン太とともに湘南平へと向かう。

今のところ、天候は晴れ。天気予報によると、二十一時ごろから小雨がぱらつきだすらしい。ディナー終了まで、なんとか持ちこたえてくれるといいのだけれど。

「コン太、今日は帰りが少し遅くなるけど、大丈夫？　おねむにならない？」

「おねむ、ないのー！　こんた、みさき、おうえん！」

助手席のチャイルドシートのなかで、コン太は元気いっぱい、身体を揺すった。

「気をつけてね。坂を上るよ」

湘南平までは急な上り坂が続く。チャイルドシートのベルトを再度確認し、坂を上り始める。怖がるのではないかと心配だったけれど、コン太は車体の傾きに大はしゃぎだ。

「ほぁ……おうち、ちっちゃい！」

坂の下に見える街並みを指さし、コン太は歓声をあげる。

「てっぺんまで上ると、もっとちいさく見えるようになるよ。海や富士山《ふじさん》も見えるんだ」

「ふりさん？」

「ふ、じ、さ、ん。日本でいちばん高くて、きれいなお山だ」

市内には、平地からでも富士山の見える場所がいくつもあるけれど、僕が店を出している博物館のあたりは建物が多いため、高い場所に上らないと、見ることができない。

もしかしたら、コン太は富士山を見たことがないのかもしれない。

「ビーチパークからも見えるんだけど、かな農フェスタのときはバタバタしていて、教えてあげそびれちゃったな。ごめんね」

「おやま！　すき！」

「見えるといいね。もし見えなかったら、今度よく見える場所に連れて行ってあげるね」

「おっやま！　おっやま！」

謎の歌を歌い始めたコン太とともに、てっぺんを目指す。

木々に覆われたエリアを抜けると、グンと空が近づいてきたように感じられた。今のところ、雲は多くない。もしかしたら、きれいな夕日を見られるかもしれない。

頂上駐車場にたどり着くと、すでに平塚市の車が止まっていた。

「おつかれさまです！」

車内からは、今井さんと、僕と同じくらいの年頃の青年が降りてきた。

「シティープロモーション課の吹田《すいた》です」

名刺を差し出され、僕も慌ててショップカードを差し出す。

「平塚市の七夕フードトラック事業で『たなばたキッチン』というお店をさせていただいている川瀬歩と申します。本日はよろしくお願いいたします」

ぺこりと頭を下げた僕の隣で、「よろしくなのー！」とコン太が片手をあげる。

「きみは？」

「こんた！　むーが、つけてくれた、かわいいなまえなのー」

コン太にもちょうだい、とねだられ、吹田さんは笑いながら名刺を差し出す。コン太は僕のショップカードまで欲しがった。

「コン太くんか。かわいい名前だね。はい、どうぞ」

受け取った名刺を、コン太は大切そうにポケットのなかに入れた。僕から受け取ったショップカードも同じポケットに入れると、吹田さんと今井さんに短冊を差し出す。

「ねがいごと、かいてほしいのー！」

突然短冊を手渡され、二人は戸惑うような表情で、それを受け取る。

「店名にちなんで、いつもはトラックの脇に笹を掲げているんです。お客さまに、願いごとを書いていただいていて……」

なるほどね、と納得して、二人は短冊に願いごとを書いてくれた。

コン太は食べずに、その短冊を名刺といっしょのポケットにしまう。

「コン太、短冊、食べないの？」

「いなりさま、いっしょ、たべるのー！」

「だいじだいじ」とコン太はポケットを押さえた。

「それじゃ、テーブルセッティングに取りかからせていただきますね」

トラックからテーブルとイスを取り出した僕に、吹田さんがカメラを向ける。

「企画書用に何枚か写真を撮らせていただいてもいいですか」

「構いませんよ。あ、コン太の写真は、撮らないでいただけると助かります」

僕がそう答えると、コン太は「やー！」と不機嫌そうにほっぺたを膨らませた。

「こんた、いっしょ、とるのー」

「コン太、ダメだよ。吹田さんの撮る写真は、市の資料として残るんだから」

「やー、カシャッ、されたいのー！」

むずかるコン太に、今井さんがスマホを向ける。

「はーい、コン太くん、こっち向いてー。コン太くんは、僕のスマホで撮らせてねー」

やさしく声をかけられ、コン太は満面の笑みで片手を天に突き上げ、片足をあげて謎の決めポーズをとった。

今井さんがコン太の相手をしてくれている間に、テーブルをテレビ塔前の芝生に運び、純白のテーブルクロスをかけて、バラの花とキャンドルを添える。

イスが一脚しかないことに気づき、今井さんが怪訝な顔をした。

「もう一脚はどこに？」

「あ、来ました。あそこに。イスではないんですけど」

頂上駐車場に一台のヴィンテージカーが入ってくる。フードトラックと同じエメラルドグリーンに塗られた、フォードのレトロなステーションワゴン。瑛士さんの愛車だ。

「えーじ！」

車のドアを開けた瑛士さんに駆け寄り、コン太が勢いよく飛びつく。

コン太を抱きとめて頭をなでた後、瑛士さんは車から白い筒状のものと、それを提げるためのスタンドを取り出した。

イスのない側の席にスタンドを設置し、留め具を外して白い筒状のものを上部にセットする。しゅるりと音をたて、それは大きなスクリーンへと変化した。

「スクリーン……。なぜ、こんなものを？」

不思議そうな顔で、今井さんがスクリーンを見つめる。

「実証実験といいつつ、実は今夜、本当にプロポーズを控えたカップルに料理を振る舞うんです。だけど入国制限のせいで、肝心《かんじん》の主役がこの場に来られなくて……」

「海外にいる相手と、リモートでプロポーズディナーをするつもりなんですか」

「スクリーンにプロポーズを希望される男性の姿を、映し出そうと思っているんです」

スクリーンの対面に、プロジェクターをセットする。テスト画面を映すと、コン太が「ほぁ！　ささ！」と歓声をあげた。

「待機画面を、織り姫と彦星の再会にちなんで、七夕の写真にしてみたんだよ」

星空と笹飾りの写真を前に、コン太はとてもうれしそうだ。スピーカーを設置し、周囲のお客さんの迷惑にならないよう、ごくちいさな音量で音楽を流す。

「コン太、フライングディスクを持ってきたんだ。遊ぶぞ。ほれ！　取ってこい」

瑛士さんが投げたフライングディスクを、コン太がてとてとと追いかける。

拾い上げたフライングディスクを、コン太は思いきり放り投げた。

「えーじ、とりにいくのー！」

瑛士さんとは真逆の方向に、フライングディスクは飛んでいく。「どこに向かって投げてんだ！」と怒鳴りながらも、瑛士さんはフライングディスクめがけて駆けていった。

僕が作業に集中できるよう、遊び道具を持ってきてくれたのだろう。

ありがたく思いながら、コン太を瑛士さんに任せ、フードトラックの厨房に入る。

僕の働いていたイタリアンレストランは、コース料理も扱っていたけれど。すべての行程に携わるのは、調理師専門学校の実習以来、初めてだ。

美咲さんと依織さんにとって、一生に一度の特別な夜を彩る料理。

おいしい料理で、二人に笑顔になってもらいたい。

たったひとりですべてをこなさなくてはならないうえに、フードトラックの厨房という制限のある環境だ。下準備は入念にしたつもりだけれど、それでも不安は拭えない。

「どの料理もちゃんと用意できているし、器具の不具合もない。あとは……」

念のため、依織さんに連絡を入れてみよう。そう思い、メッセージを送ってみたけれどなんの反応もない。ビデオ通話アプリで呼び出しをしても、まったく応答がなかった。

「たまたま席を外しているだけだよな」

すぐに連絡が来るはず。そう思おうとしても、なぜだか気持ちが落ち着かない。

厨房の外に出ると、いつのまにか太陽は西に傾き、あたりはオレンジ色の光に包まれている。今日の日の入りは十九時ごろ。ちょうど二人の再会の時間だ。

約束の時間まで、まだ一時間以上あるのに。十八時になる前に、美咲さんの乗った車が、湘南平の頂上にやってきた。

依織さんが海外在住であることは、まだ伝えていない。スクリーンを見られたら、不審に思われてしまうと思う。芝生方面には近づかせないよう、僕は美咲さんに、テレビ塔とは反対側にある、レストハウスで待つように告げた。

「まだ時間がありますから。展望エリアで、夕暮れを楽しんでいてください」

コン太や瑛士さんとともに、レストハウスの展望エリアへと美咲さんを案内する。

相模湾や市街地を一望できる見晴らしのよい展望エリアには、南京錠をかけるための専用モニュメント、『ainowa《アイノワ》』がある。

輪っかの形をモチーフにしたそのモニュメントは、輪っかの中央にテレビ塔が見えるように作られており、記念撮影のスポットとしても人気を集めているようだ。

「依織くんと私が来たときには、これ、まだなかったです」

「何年か前に、平塚市が新しく作ったみたいですね。専用の南京錠も売っているようです」

売店が閉店した後でも買えるように、カプセルトイ形式で販売している。

「小銭の持ち合わせがなくて……。両替機ってどこかにありますかね」

「大丈夫ですよ。依織さんからいただいた食事代に、鍵のお金も含まれています」

両替機がないことは、事前調査で把握済みだ。販売機に百円玉を五枚投入する。

「依織くん、今の私を見て、がっかりしちゃったらどうしよう……」

不安そうな顔で、美咲さんは乱れてもいないサラサラの髪を整え始めた。

大好きだった人との久しぶりの再会。織り姫に選ばれるような女性でも、やはり自分の変化が気になるようだ。

「大丈夫です。依織さんは、今のあなたの姿を知っていますよ。織り姫に選ばれたことも知っていました」

安心させようとして発した言葉だったのに。彼女の表情がみるみるうちに曇ってゆく。

「それなのに、どうして来てくれなかったんでしょうか」

どう説明していいのかわからず、僕は口ごもる。美咲さんはそっと目を伏せ、しゃがみこんで販売機のハンドルを回した。ごとりと音がして、カプセルが転がり出てくる。

「ほぁ！　おやつ？」

目を見開き、コン太はカプセルトイをのぞき込む。

「これはね、おやつじゃないの。好きな人の名前と自分の名前を書いてモニュメントにかけると、ずっといっしょにいられるっていうお守りみたいなものだよ。コン太くんもほしい？」

「ほしいのー！」

むいっと両手をあげて、コン太は叫ぶ。

「コン太くん、誰の名前を書くの？」

にこっとほほ笑み、コン太は「いなりさまとー、むー！」と答えた。

「歩さんの名前を書くのね。ちょっと待ってて、私、自販機で両替してくる」

コン太のために両替をしに行こうとする美咲さんを、瑛士さんがやんわりと制止する。

「小銭《こぜに》ならたくさんあるぞ。ほれ、百円玉。コン太、自分で入れてみたいだろ」

「いれたいのー！」

瑛士さんに百円玉をもらい、コン太は大喜びで販売機にお金を投入する。

「ちょっと待って、コン太。本当に買うの⁉」

コン太となら、この先もいっしょにいたいけれど。稲荷神さまとは、できることならさっさとかかわらずに済むようになりたい。

「かったのー！」

満面の笑みで、コン太はカプセルを掲げてみせる。

販売機のそばには、その場で名前を書くことができるよう、ペンが用意されている。

「私は、後で依織くんと書きます。依織くん、他に好きな人がいるかもしれないし」

約束の日に現れなかったことが、とてもショックだったのだろう。悲しげな瞳で、美咲さんはカプセルを見つめた。

瑛士さんに抱っこされながら、コン太はペンを握る。

「コン太、文字書けるの？」

「いなりさま、おしえてくれたのー」

話し言葉でさえも、まだたどたどしいのに。コン太は本当に文字を書くことができた。

ただし、決して上手とはいえないし、ひらがなの形もあやふやだ。

ハートの形をした、かわいらしい南京錠。『むー』の『む』という字は前衛芸術家の描いたアートみたいに、謎の形をしているし、稲荷神さまの名前を書こうとして、『い』と『な』とおぼしき物体を描いたところで、スペースがなくなってしまった。

「ほぁっ……かくとこ、ないない」

しょんぼりと肩を落としたコン太に、美咲さんはやさしく語りかける。

「大丈夫だよ。裏面にも書けるから。裏面に『コン太』って書いたら、歩さんとも、もうひとりの、イナギさん？　とも、ずっといっしょにいられるよ」

「いなぎ、ちがうのー。いなりー！」

コン太は訂正して、裏面に「こん」と書いた。またもやいっぱいになってしまい、太を書くスペースはない。むうっと難しい顔をして、コン太は鍵を見つめた。

「ほれ、コン太。モニュメントに鍵をかけに行くぞ。歩、お前はそろそろ準備したほうがいいんじゃないのか」

コン太を抱き上げながら、瑛士さんは僕を振り返る。

「わ、まずい。行ってきますっ。えっと美咲さんは……」

「こんた、みさきといっしょ、いる！」

任せて、といいたげな表情で、コン太は南京錠を持った手を天に突き出した。

「あとは俺たちに任せて、行ってこい」

瑛士さんに促され、僕は美咲さんに一礼してフードトラックに戻る。

スマホを確認したけれど、やはり依織さんからの返信はなかった。

「どうしちゃったんだろう。このままだと、まずいな」

ビデオ通話アプリで依織さんのアカウントを呼び出してみたけれど、何度呼び出しても、なんの応答もない。作業を中断しては手を洗って何度もスマホを操作する僕に気づき、今井さんが声をかけてきた。

「なにかあったんですか？」

「実は、今夜プロポーズをする予定の方と、連絡がつかなくて……」

約束の時間まで、あと二十分。仕事等でスマホを操作できないだけならいいけれど。

「お国はどちらですか」

「イタリアです」

「じゃあ、日本と比べて特別ネット環境が不安定っていうわけでもなさそうですね。SN

Sなども更新されていないんですか」

「最後の更新は昨日のようです」

指輪の箱とおぼしき写真といっしょに、イタリア語が記されている。翻訳ボタンを押すと「緊張する」と日本語が表示された。

刻一刻と、空は藍色に染まってゆく。このまま連絡がつかなかったらどうしよう。

不安になったそのとき、美咲さんがレストハウスの階段を下りてくるのが見えた。

通話ボタンを押し、依織さんに連絡を試みる。どんなに呼び出しても、反応がない。

約束の時間まで、あと五分。さすがに、そろそろまずいかもしれない。準備があるから、十分前にはつながるようにしてほしいと伝えてあったのに。

美咲さんが、フードトラックのすぐそばまでやってきた。街路灯に照らされたその顔は、今にも泣き出しそうな表情をしている。

「長野さん⁉　なぜ、あなたがここに」

今井さんと吹田さんが、驚きの声をあげる。

「今日のゲストは今年の織り姫、長野美咲さんなんです」

就任中に婚約などをすると、なにか問題になりますか、と、美咲さんに聞こえないよう、小声で今井さんに耳打ちする。

「いえ、昨今はミスコンから『未婚』の条件をなくすところも増えていますし。特に問題にはなりませんけれど……」

　個人的に美咲さんのファンだったのかもしれない。吹田さんが、がっくりと肩を落とす。

美咲さんは、キャンドルの光が揺れるテーブルに視線を向けた。

「そのスクリーン、なんですか。もしかして、依織くんは……」

　美咲さんの瞳から、ほろりと涙がこぼれ落ちる。ふるふると肩を震わせ、彼女はその場にへたり込んでしまった。

「展望スペースからも机が見えたんですけど。イスがひとつしかないように見えて。どうしてだろうって思って。もしかして依織くん、もう、この世にいないんですか」

　えぐっとしゃくりあげながら、美咲さんがつぶやく。

「違いますっ、います。ちゃんといて、あなたに――」

　プロポーズを、といいかけ、口を閉じる。せっかくのサプライズ。僕の口から伝えるわけにはいかない。

　どうしよう。十九時を過ぎてしまった。依織さんからは、まだなんの連絡もない。

　呼び出しにも応える気配がない。僕は意を決し、スマホをプロジェクターにつなぎ、プロジェクターの電源を入れた。通話アプリではなく、依織さんのSNSを表示させる。

「Ｉｏｒｉ・Ｂｉａｎｃｈｉ……？」

　美咲さんが、画面に映し出されたアカウントの名前を読み上げる。

僕はタイムラインをさかのぼり、一本の動画の再生ボタンを押した。

流れ出したのは、『オンブラ・マイ・フ』。ヘンデルのオペラ『セルセ』第一幕、冒頭のアリアだ。元々はカストラートのために作られた曲で、依織さんも声変わりをする前、まだボーイソプラノだったころに、よく歌っていたのだそうだ。

天使のように透明で、美しい依織さんの声が大好きだった美咲さんが、特に好きだった曲。いつも「歌ってほしい」とねだられ、彼女のために歌っていたのだという。

動画に添えられている文章。翻訳ボタンをタップすると日本語のメッセージが現れた。

『僕にはもう、あなたが好きだったあの頃の僕のように、この歌を歌うことができない』

できることなら、依織さんの口から、直接伝えさせてあげたかった。だけど、このまま帰られてしまうくらいなら、なんとしてでもつなぎ留めなくちゃいけない。

ちゃんと元気で暮らしている。それでも、姿を現せない理由があったのだと。伝えなくちゃいけない。

おそらくこの動画は依織さんが、美咲さんに自分の想いを伝えるために撮影したものだ。だからせめてこの曲で、依織さんの声で伝えなくちゃいけない。

ピアノの鍵盤と太い指が映し出され、伴奏が流れ出す。カメラはゆっくりと移動して、どこかに固定された。画面に、ひとりの男性が現れる。

「おひげ、ないない……？」

コン太が、驚いて目をぱちくりさせた。本当だ。ヒゲがない。仕事上、絶対に剃るわけにはいかない、といっていたのに。画面に現れた依織さんは、ヒゲをそり落とし、もじゃもじゃだった巻き髪を、すっきりとオールバックにセットしていた。

スーツをまとったその身体は、相変わらずクマのようにいかついし、顔立ちもとても男らしいけれど、このあいだ話したときよりは、だいぶさっぱりしているように見える。

前奏が終わり、低く、全身を震わせるような野太い声が響き渡る。

芝生にへたり込み、肩を震わせていた美咲さんの瞳が、大きく見開かれた。

「依織、くん……？」

ふらりと立ち上がり、美咲さんは吸い寄せられるように、スクリーンに近づいてゆく。

手を伸ばしたって、依織さんはそこにはいない。触れられるはずなんてないのに。

それでもスクリーンに向かって手を伸ばし、依織さんの頬に、何度も、何度も触れる。

スマホが震えた。着信の合図だ。画面をタップすると、歌声が消え、画面に依織さんの姿が大写しになる。僕はスマホのカメラを美咲さんに向けた。

「大切な日に、ごめん――。仕事が長引いて、遅くなった。――こんな、変わり果てた姿で、ごめん」

通話できる場所まで、全力で走ってきたのだろう。息を切らせながら、依織さんは声を振り絞る。

「変わった……？　変わって、ないよ」

　ふるふると美咲さんが首を振る。

「僕の姿、見えていない……？　声、聞こえていない？」

　不安そうに、依織さんがつぶやいた。

「聞こえてるよ。ちゃんと、見えてる。見た目は、うん、変わったね。だけど、私だって変わったよ。すごく。背なんて、二十センチ以上伸びたもん」

　スクリーンのなかの依織さんが、困ったように笑う。

「美咲ちゃんは、いいほうに変わったよ。あの頃もすごくかわいかったけど。今はとてもきれいだ」

「依織くんは――クマちゃんみたい」

　ふふ、と美咲さんが肩を揺すって笑った。

「悪かったね、クマちゃんで」

「好きだよ、クマちゃん。なんかほっとする。話し方も、変わってないね。私の大好きな、包み込むみたいに、やさしい話し方。大人になっても、依織くんは、やっぱり依織くんだね」

「怖くない……？　背、二メートル近くあるんだ。体重も、百キロなんて、軽く超えてる。顔もこんなだし。よく、怖いっていわれる」

不安げに、依織さんが美咲さんに問いかける。

美咲さんは、ぱぁっと花が咲くみたいに華やかに笑った。

「全然。その自分にまったく自信がないところも、あのころのままだね」

依織さんの顔が、ぐにゃりとゆがむ。ずずっと鼻をすすり、彼は泣き出してしまった。

「ごめん。なんかほんと。情けないね。見た目だけじゃなくて、中身もかっこ悪すぎる」

震える声で告げた依織さんに、美咲さんはふるふると首を振ってみせた。

「いつだってやさしくて、控えめで、そういうところが好きだったから。——ううん、違うな、過去形じゃない。今も、大好きだから」

ずずーっとひときわ大きな鼻をすする音が響く。美咲さんは、声をあげて笑った。

「約束の日。どうして来てくれなかったの。もしかして、見た目が変わりすぎて、会うのが怖いって思った？」

図星を指され、依織さんが唇を噛みしめる。

「そんな理由で待ちぼうけさせるなんて。ひどいなぁ。穴埋め、大変だよ」

「——許してもらえるなら、なんでもするよ」

涙を拭い、依織さんは答える。美咲さんはにっこり笑って、「じゃあ、この鍵に名前を書いて」と、先刻購入したハート形の南京錠を差し出した。

「ごめん。実はここ、日本国内じゃないんだ。入国規制で、日本に入れないんだよ」

依織さんの言葉に、美咲さんはちいさく首を振った。

「永遠に入れないわけじゃないでしょ。いつかは入れるようになる。十年待ったんだもん。あと数年ぐらい、平気だよ。だってこれからは、こうやってネットを通じて、会話できるよね？」

「美咲ちゃんの親御さんは、反対するだろうけどね」

「でも、手紙と違って、どんなに取り上げようとしたって、取り上げられないよ。ちゃんとつながっていられる」

にこっとほほ笑む美咲さんの表情が、少女のように幼く見えた。依織さんもだ。成人した大人二人なのに。子どものころに戻ったみたいに、無邪気に笑い合っている。

「誕生日おめでとう。美咲ちゃんの好きな、ひまわりの花束を用意したよ」

花束を差し出そうとして、依織さんは落としてしまった。

「わっ……！」

慌てふためき、必死で拾う。そんな彼を眺め、美咲さんは心底うれしそうに笑っていた。

精いっぱい段取りを考えて準備したディナーだったけれど。

想像していたようなロマンティックなディナーにはならなかった。

美咲さんは笑い上戸で、食前酒を一杯飲んだだけで酔っ払って、終始声をあげて笑いっぱなしだ。美咲さんにつられ、画面の向こうの依織さんも笑い続けている。

互いの十年分の日々の報告と、想い出話。積もる話は、尽きることがない。

「ごめんね、私ばっかりおいしいもの食べて」

申し訳なさそうに告げた美咲さんに、依織さんは穏やかな笑顔を向けた。

「大丈夫だよ。美咲ちゃんがおいしそうに食べる姿を見るの、僕、大好きだから」

前菜《アンティパスト》は新鮮な平塚産の生シラスとトマトを使ったブルスケッタ。

一皿目《プリモ・ピアット》は平塚産の新鮮なイワシとフェンネルを使ったシチリア風パスタだ。フェンネルの甘い香りとほのかな苦み、しっかり炙ったイワシの香ばしさを、美咲さんはとても気に入ってくれた。

「おいしい！　シチリア、行ってみたいなぁ」

「いっしょに行こう。美咲ちゃん、レモン大好きだよね。シチリア島のレモングラニータ、きっと美咲ちゃん好みの味だよ」

「グラニータ？」

「かき氷みたいなデザートだよ。シャーベットっぽいんだけど、舌触りはすごくなめらかで最高においしいんだ。きっと気に入ると思う」

「食べたいー！　今すぐ食べたいっ」

身を乗り出した美咲さんを眺めながら、コン太もよだれを垂らす。

「ぐあにーた……。おいしそなのー」

「うん。すっごくおいしいよ」

「ほぁ。むー、ぐあにーた、たべた？」

ずるい、とほっぺたを膨らませたコン太を、僕は手招きする。

「おいで。今、ちょうど仕上げをするところだよ」

コン太を連れて厨房に行き、まずは美咲さんに、二皿目《セコンド・ピアット》の魚料理、パレルモ風、金アジとマヒマヒのベッカフィーコを届ける。

ベッカフィーコというのは、パン粉の詰め物をイワシでくるんと巻いて、小鳥の尾羽《おばね》のようにぴんとしっぽを立たせたシチリア名物の料理だ。

今回はアレンジを加え、イワシの代わりに平塚産の金アジを使って、アンチョビやケイパーをきかせたパン粉の詰め物とともに、旬を迎えつつある夏の魚、軽くたたいたマヒマヒを巻いて、スチームコンベクションオーブンでこんがり焼き上げた。

平塚の金アジは肉付きがよく立派で、脂がしっかり乗っていて上品な甘みが特徴だ。詰め物の味に負けない、ぎゅっと濃縮された極上の旨味を堪能することができる。

「初めて食べたけど、とってもおいしいね！　ごめんね、依織くん、ひとりで楽しんで」

申し訳なさそうな顔をする美咲さんに、依織さんはやさしくほほ笑む。

「気にしないで。むしろ、美咲ちゃんがイタリアの料理をおいしそうに食べてくれて、僕はとてもうれしいよ。ちなみに、ベッカフィーコもシチリアの料理だ。アジやマヒマヒのベッカフィーコは、僕も食べたことがないなぁ。日本に帰ったら、食べてみたいな」

楽しそうに盛り上がる二人からそっと離れ、コン太の待つ厨房へと戻る。

魚好きのコン太は、厨房に残ったベッカフィーコを夢中になってむさぼり食べていた。

「おいしい？」

「おいひい！」

口いっぱいに頬張りながら、歓声をあげる。

「それじゃあ、ドルチェの仕上げに取りかかるよ。今日のドルチェは、湘南生まれの柑橘《かんきつ》、湘南ゴールドと小田原《おだわら》産の片浦《かたうら》レモンを使った二色のグラニータと、リコッタチーズで作るシチリアの伝統菓子カッサータ、濃厚なカスタードプリンを盛り合わせた、バースデープリンアラモードだ」

「かったーた？」

「カッサータ。リコッタチーズのクリームに、ドライフルーツやナッツ、砂糖漬けのフルーツをたっぷり混ぜ込んで、冷蔵庫で固めたアイスケーキだよ。本場では思いっきり甘くするレシピが人気みたいだけれど、日本人向けに、さっぱり爽やかな甘さにアレンジしたんだ」

固めないレシピもあるけれど、今回は半解凍《セミフレッド》に仕上げた。

「あいすとけーき！　おいしいとおいしい、がったーい！」

ぴこーんと耳を立て、コン太が大はしゃぎする。

「美咲さんの分は、リモンチェッロっていって、レモンのお酒をきかせてあるんだけれど、コン太のはレモンジュースで風味づけしてあるんだ」

「じゅーちゅ！　けーき、あいす、じゅーちゅ……はわわ、ゆめのせかい！」

大好物が勢ぞろいしたことに、コン太は大喜びだ。いつのまにかズボンからしっぽまではみ出して、ぶんぶんと大きく揺れている。

「いつも待たせてばかりだから、今日はコン太の分を先に用意してあげるね」

コン太用のプラスチックのお皿にレモン風味のカッサータとグラニータ、カスタードプリンを盛り合わせ、湘南ゴールドで作った柑橘ソースと生クリーム、色とりどりの果実で飾りつけ、ミントの葉を載せてサーブする。

「とってもおいしそうなのー！　いっただっきまーす！」

歓声をあげ、コン太は先割れスプーンですくってカッサータを頬張った。

「ほぁっ、ゆめのたべもの……！　ひえひえ、あまーい！」

瞳を潤ませ、コン太はぶんぶんとしっぽを振って叫ぶ。

「気に入ってくれてよかった」

ほほえましい気持ちでコン太を眺めつつ、僕は今井さんと吹田さん、瑛士さんにも声をかけ、おすそわけのドルチェを手渡した。

美咲さんたちも、そろそろメイン料理を食べ終わるようだ。皿に盛りつけ、テーブルまでドルチェを運んでゆく。

「本日のドルチェは、湘南ゴールドと片浦レモンのグラニータと、シチリア風アイスケーキ、カッサータ、カスタードプリンを盛り合わせたプリンアラモードです」

「おいしそう！　グラニータって、さっき、依織くんが教えてくれたデザートだよね？」

「偶然ですか。それとも、わざわざ作ってくださったんですか」

「秘密です」

グラニータ作りは、簡単そうに見えて、実は時間がかかる。

グラニュー糖を溶かして作ったシロップに果汁を混ぜ、完全に凍らない程度に冷やしてフォークで混ぜ、また冷やしてフォークで混ぜ……をひたすらくり返し、たっぷり空気を含ませるからこそ、口当たりのなめらかな、おいしいグラニータができあがるのだ。

即席で作れるものではないけれど、そこはあえてぼかしておく。

「んー、さっぱりしていておいしいっ。依織くんのいうとおり、私の大好きな味だよ！」

満面の笑みを浮かべた美咲さんを、依織さんはうれしそうに目を細めて眺める。

「あ、ごめんなさい。また私だけ楽しんで……っ」

申し訳なさそうに頭を下げた美咲さんに、依織さんはちいさく首を振って答えた。

「そんなことないよ。美咲ちゃんの笑顔を見るのが、僕にとって、なによりの幸せだ」

美咲さんの頬が、かぁっと赤く染まってゆく。

「わ、私だって、依織くんの笑顔、たくさん見たいよ。できれば、スクリーン越しじゃなくて、ちゃんと、生で」

照れくさそうに頬を染め、瞳を伏せた美咲さんに、依織さんは穏やかな声でいった。

「ごめんね、美咲ちゃん。実は――今夜、美咲ちゃんにプロポーズをするつもりだったんだけど。やっぱり、やめるね」

美咲さんの瞳が、大きく見開かれる。

「えぇっ⁉」

僕だけでなく、吹田さんや今井さんもそろって驚きの声をあげた。僕らの声を聞きつけたコン太が、厨房から飛び出してくる。

「わ、コン太！」

まずい。しっぽと耳が丸見えだ。フードとズボンを直しに駆け寄ろうとした僕より先に、すばやく瑛士さんがコン太にフードをかぶせ、しっぽをズボンのなかにしまってくれた。

少しも驚いていないところを見ると、やはり瑛士さんはコン太が普通の幼児ではないことに気づいていたのだろう。

気づいていて、なにもいわずにいてくれたのだと思う。

「それ、どういうこと……？　私のこと、嫌いになった？」

今にも泣き出しそうな美咲さんに、依織さんは「違うよ」と告げる。

「プロポーズは、スクリーンや液晶越しなんかじゃなく、ちゃんと美咲ちゃんの本当の目を見て、直接伝えたいんだ」

ぽろぽろっと美咲さんの瞳から、大粒の涙が溢れる。

「泣かせてごめんね。スクリーン越しじゃ、涙を拭ってあげることさえ、できないよ」

包み込むようにやさしい依織さんの声に、美咲さんはえぐっとしゃくりあげる。

「会いたい……会いたい、よ。依織くんに、会いたいっ……」

「僕もだよ、美咲ちゃん。早く会いたい。こんなに長いこと待たせて、本当にごめんね」

ゆらりと立ち上がった美咲さんが、ふらふらとスクリーンに吸い寄せられてゆく。

手を伸ばし、美咲さんはスクリーンに映し出された依織さんの頬に触れた。

先刻は、スクリーンなんか触ったって意味がないって思ったけれど。今なら、そうじゃないってわかる。きっと、スクリーン越しでさえ、触れずにはいられないほど、彼女は依織さんのことが好きなんだ。

「おめでと、なのー！」

ぱちぱちと、コン太がちいさな手を叩く。つられるように、僕も手を叩いた。

瑛士さんや今井さん、吹田さんの拍手も重なる。

十年前、幼い二人が愛を誓い合ったテレビ塔。ライトアップされたその塔が、祝福するみたいに二人の姿を照らしている。

眼下にはきらびやかな夜景が広がっている。二人が生まれ育った、平塚の夜景だ。てるてる坊主が役に立ったのかもしれない。最後まで雨に降られることなく、無事に、愛し合う二人の再会を祝う、渾身のディナーを提供することができた。

空を見上げると、分厚い雲の狭間、星もいつもよりずっときれいに瞬いているように感じられた。

第四章　七夕まつりできらきらクリームソーダ

「だいぶ緑の葉が増えたね」

フードトラックの脇に掲げられた笹を見上げ、坂間さんが感心したように目を細める。

初めてこの笹を見たときには、すべての葉が枯れていたのに。

今では全体の四分の一くらいが、緑の葉になった。

人々の願いが記されたカラフルな短冊も、数えきれないくらい、たくさんぶら下がっている。黄金色の短冊も、かなり増えてきた。

梅雨《つゆ》の晴れ間。朝日を浴びた黄金色の短冊は、その輝きが僕とコン太にしか見えないのがもったいなく思えるほど、きらきらと美しくきらめいている。

てとてとと坂間さんのもとに駆け寄り、コン太はがるるっと威嚇した。

「コン太、大丈夫だよ。坂間さんは笹を捨てにきたわけじゃない。――そうですよね？」

僕の問いに、坂間さんはうなずく。

「実は、複数の大学の研究室から、この笹を譲ってほしいっていわれているんだ。どういう仕組みで葉の色が変わるのか、詳しく調べてみたいんだって」

　コン太の獣耳が、フード越しにもわかるほど、ぴんっと立つ。

「むーっ！　さかま、だいっきらいっ。ささ、ゆずる、ないのー！」

　かわいらしいうなり声をあげ、コン太は勢いよく坂間さんに飛びかかった。

　ぽかぽかと猫パンチを浴びせられ、坂間さんは後ずさる。

　ふしゃーっと前歯をむき出しにして威嚇するコン太を、僕は抱き上げた。

「その話、詳しく聞かせていただけませんか」

　せっかくここまで葉を緑にしたのに。大学の研究室に持って行かれたら、この笹はどうなるのだろう。緑になる仕組みを調べるために、葉を切り落とされたり、解体されたりするのだろうか。

　稲荷神さまの力が回復していない状態でそんなことをされたら、稲荷神さまやコン太は、どうなってしまうのだろう。

「まだ具体的なことは決まっていないよ。どこに渡すか協議しているところなんだ」

　坂間さんを睨み、コン太は「むーっ！」とふたたび威嚇の声をあげる。

　手足をばたつかせて、僕の腕から逃れようとした。

「いつごろ譲渡する予定なんですか？」

　おそるおそる、尋ねてみる。坂間さんは顎に手をやり、少し考えるようなしぐさをした。

「確定したわけじゃないけど。七夕まつりの後くらいかな。夏の間に調べてみたいっていわれているんだ」

「そんな……」

どうしよう。時間がない。それまでに、なんとかして稲荷神さまを復活させて、笹以外のものに移動できるようにしてあげないと。

坂間さんはしゃがんで、がぅううっと威嚇を続けるコン太に目線の高さを合わせる。

「博物館のスタッフがね、この笹に願いを叶えてもらったんだって。ＳＮＳでもいくつかそんなつぶやきを見かけたよ。僕も短冊を書かせてもらってもいいかな」

短冊を催促するように差し出された坂間さんの手に、コン太はがぶっと噛みついた。

「わ、コン太、ダメだよっ」

慌ててやめさせようとして、コン太にほっぺたをひっかかれる。

「だめ、ないのー！　こんた、さかま、だいっきらい！」

僕の腕から飛び出し、コン太は坂間さんを、むいっと突き飛ばす。

「ちょっと待って、コン太。稲荷神さまのことを考えたら、一枚でも短冊を増やしたほうがいいよ。坂間さんにも書いてもらおう」

むうっと唇をとがらせ、コン太は坂間さんを睨みつけた。

「ほら、コン太。坂間さんに短冊をあげよう」

しばらくの間、坂間さんを睨み続けた後、コン太は、ほっぺたをぱんぱんに膨らませたまま、渋々ポケットから短冊を取り出す。

短冊を、坂間さんではなく、なぜか僕に押しつけてきた。

僕から短冊を受け取ると、坂間さんはワイシャツの胸ポケットから万年筆を取り出し、サラサラと願いごとをしたためる。

ふてくされた顔のまま、コン太は短冊を、むいっとひったくって口に放り込んだ。

ふだんは短冊を書いてくれた人に、食べるところを見られないように気を配っているけれど。コン太があまりにもすばやく口に放り込んだから、坂間さんに思いきり見られてしまった。

「紙なんか食べて、大丈夫？」

驚いて目を瞬かせる坂間さんに、僕は答える。

「あ、あの、これ、特殊な素材でできた、食べられる紙なんです……っ」

うそは苦手だけれど、背に腹は代えられない。なんとかごまかせたかなぁと思ったのに。

坂間さんはぐっと身を乗り出して、あむあむと短冊を頬張るコン太をじっと観察した。

「へえ、素材はなに？　デンプンから作られた可食紙《かしょくし》、エディブルペーパーを見たことがあるけれど、この短冊は見た目も触ったときの感触も全然違うよね。なにでできているのか、すごく気になるな」

スマホを取り出してメモを取る気満々の坂間さんに、僕はどう答えてよいのかわからず、後ずさる。

「え、えっと……」

ちらりと笹を見上げると、笹の上部、金色に光り輝く短冊が姿を現した。

『七夕まつりが無事に開催されますように』と、流ちょうな文字で記されている。

短冊の放つ黄金色の光は、僕やコン太にしか見えないのだと、稲荷神さまがいっていた。

坂間さんにも見えていないようで、笹を見上げた彼の視線が、自分の書いた短冊に向かうことはなかった。

稲荷神さまが願いを叶えると決めた短冊も、無事に願いごとが叶えば、黄金色の光が消え、もとの普通の短冊に戻る。

最初のうちは、たいていの願いごとを叶えることができたのに。ここ最近、叶えられない願いごとが増え、黄金に輝く短冊がたまりがちだ。

たまり続けている短冊には、どれも同じ願いごとが記されている。

『七夕まつりが無事に開催されますように』

坂間さんの願いと、同じ願いだ。

「七夕まつりの開催、今年も難しそうなんですか？」

「できれば今年こそ開催してほしいけど。このままだと、難しいかもしれないね」

スマホを取り出し、坂間さんはニュースサイトの記事を僕に見せた。

都道府県別に数字の並ぶ日本地図。この図を目にするようになって、もう二年半が経つ。

一カ月ほど前から状況が悪化し、予断を許さない状況だ。

コン太が湘南平から持ち帰ってきた今井さんと吹田さんの短冊にも、同じ願いごとが書かれていた。

七夕まつり開催まで、あと三週間と少し。

なんとかして願いを叶えたいけれど、僕やコン太にはどうすることもできない。

「今年こそ、無事に開催できるといいね」

そう言い残し、坂間さんはマラサダとコーヒーを手に去ってゆく。

彼が博物館に入るのを見届けた後、僕は笹に向かって問いかけた。

「稲荷神さま。この願いごとは、僕とコン太では叶えられません。稲荷神さまの力で、どうにかなりませんか」

ガサガサッと笹が揺れ、いつもどおりの偉そうな声が返ってくる。

『無理だな。まだ力が使えるほど、回復しておらぬ』

「いったいどれだけ回復したら、使えるようになるんですか。坂間さんの話、聞こえていたでしょう。このままだと、まずいですよ。早くこの笹から出ないと」

『今の我に、ここから出る力など、あるわけがなかろう』

ため息交じりに、稲荷神さまはぼやく。

「もしかしたら――特別な力なんて、本当は最初からないのでは」

思わずつぶやいた僕に、笹から不機嫌極まりない声が飛んできた。

『なにをいうか！　無礼者っ。口を開けば、失礼な言葉ばかり。貴様《きさま》もコン太を見習って、少しは眷属らしくしたらどうだ』

「無理ですよ。だいたい、コン太がどうしてこんなにかいがいしく、稲荷神さまの世話を焼いているのか、僕には理解できません」

『理解できなくて結構。我は貴様に「眷属になってくれ」などと頼んだ覚えはない。貴様が勝手に、この願いごとを書いたのだろう！』

ひらひらと僕の書いた短冊が揺れる。

『枯れない笹が元気を取り戻しますように』

叶うことなく、ずっと黄金の光を放ち続けている、最古参《さいこさん》の短冊だ。

「こんなに生意気なお子さま神が宿っているなんて、あのときは知らなかったんですよ」

『生意気なお子さま神、だと⁉　お子さまは貴様だろう。たかだか二十数年しか生きていない小童《こわっぱ》が！』

甲高くてちっとも威厳のない、稲荷神さまの怒声が響く。

他の神さまがどうなのかわからないけれど、この神さまは、どうもこらえ性《しょう》がないように思える。力を失うと、考え方まで幼くなってしまうのだろうか。

「めー！っ　けんか、めっ、めっ！」

僕と笹の間に、両手を広げたコン太が勢いよく飛び込んでくる。

「むー、いなりさま、なかよしするのー！」

顔を真っ赤にして、コン太は叫んだ。

「別に、ケンカしているわけじゃないよ。稲荷神さまが勝手に――」

反論しかけたそのとき、ちいさな女の子とお母さんとおぼしき女性が、広場に入ってきた。慌てて姿勢を正し、僕は笑顔で声をかける。

「おはようございます。揚げたてのおいしいおやつ、マラサダを販売中です。おひとついかがですかー」

足を止めた彼女たちに、短冊を手にしたコン太が駆け寄ってゆく。

「ねがいごと、かいてほしいのー」

マラサダを注文し、できあがるのを待つ間、二人は短冊を書いてくれた。

あむあむとコン太が食べると、お母さんの書いた短冊はそのままの姿で笹にぶら下がり、娘さんの短冊は、きらきらと輝く黄金色の短冊になった。

「たなばた、できますように」

金色の光を放つ短冊には、ぎこちない文字でそう書かれていた。

どうしよう。あと三週間で、稲荷神さまの力を回復させなくてはいけない。

生意気なことばかりいう神さまだけれど、消滅するのはかわいそうだし、稲荷神さまになにかあれば、コン太だって、無事でいられるかどうかわからない。

なんとか助けてあげたくて、お客さんだけでなく、広場にやってくるひとたちに片っ端から願いごとを書いてくれるよう頼んでみた。

だけどこの季節、どうしても七夕まつりのことを思い浮かべてしまうのだと思う。

大半の願いごとが、『無事に七夕まつりを開催できますように』というものだった。

「いち、に、さん……。七夕まつりの開催を願う短冊が、七十二枚もある」

この願いごとが叶えば、笹の葉は一気に緑に変わるだろう。

だけど――。スマホの画面を眺め、絶望的な気持ちになる。状況は日々悪化している。

都道府県別に数字の並ぶ日本地図。七夕まつりが中止になった昨年の今ごろよりも、よくない数字が続いているのだ。

「むー、ぽんぽんいたい？」

心配そうな顔で、コン太が僕を見上げる。

「大丈夫だよ。ありがとね、心配してくれて」

そっと頭をなでると、コン太はくすぐったそうに目を細めた。

「そういえば、コン太は願いごと、書かないの？」

きょとんとした顔でコン太は僕を見つめる。しばらくすると、にこっと笑顔になった。

「こんた、ねがいごと、かなえてもらったのー」

「どんな願いごとを叶えてもらったの？」

僕の問いに、コン太はなにも答えない。ふいっと目をそらし、突然走り出した。

コン太が向かった先には、制服をまとった農商高校の生徒たちの姿があった。叶ちゃんと紗夏ちゃん、律くんの三人だ。

「かなえー！」

叶ちゃんに、コン太は勢いよく飛びつく。

「ひさしぶりー。コン太くん、元気だった？」

「げんきー！」

おーっと天に向かって拳を突き出し、コン太は答えた。

「コン太くんは今日もかわいいねー。歩さんも元気？」

叶ちゃんに問われ、コン太はふるふると首を振る。

「むー、げんきないのー。しょんぼりしてる」

「なにかあったんですか」

コン太を抱っこしたまま、叶ちゃんたちは心配そうに歩み寄ってきた。

枯れない笹の秘密を、どこまで明かしていいのかわからない。

だけどこのままでは、期限内に稲荷神さまを回復させるのは、どう考えても不可能だ。

一か八か。みんなに協力を求めれば、奇跡を起こすことができるかもしれない。

「稲荷神さま。笹の秘密、この子たちに話してもいいですか。笹に神さまが宿っているってこと。僕とコン太だけじゃ、どう頑張っても期限内に笹を救えそうにないんです」

怒られるかもしれない、と不安に思いながら、笹に向かって小声で尋ねてみる。

しばらくすると、いつもどおりの偉そうな声が返ってきた。

『話したければ話せ。どうせ、まともに取り合う人間はおらぬ。よくある都市伝説や、子ども騙《だま》し、まじないの類《たぐ》いだと思うだけだろう』

稲荷神さまの声は、三人には聞こえていないようだ。

僕は彼女たちに向き直り、ちいさく深呼吸した。

「こんなことをいっても信じられないと思うんだけど――実はね、この笹には神さまが宿っているんだ」

三人は顔を見合わせ、目を瞬かせる。

「なにを言い出すかと思えば。意外です。歩さんがそんなことというの」

「神さまとか、全然信じていなさそうなのに」

そんなふうにいわれ、どう答えていいのかわからなくなる。

口ごもり、後ずさった僕の代わりに、叶ちゃんの腕から抜け出したコン太が答えてくれた。

「むー、かみさま、しんじてるのー」

茶化されるかと思ったけれど、それ以上、誰も僕をはやし立てたりはしなかった。もう一度深呼吸し、言葉を選びながら話を切り出す。

「神さまは人々の願いごとを叶えることでしか、英気《えいき》を養うことができないから。社《やしろ》を失うと、たいていは消滅してしまうらしいんだ。この笹に宿る神さま、稲荷神さまは、空襲で社を失くしたんだけど……この笹に逃げ込んで以降、短冊に書かれた願いごとを叶えることによって、存在を保ち続けてきたんだよ」

「たんざく、かみさまのごはん！」

むいっと片手を天に突き出し、僕の隣に立ったコン太が補足してくれた。

「七夕まつりのおかげで、毎年たくさんの願いごとを集めることができていたんだけれど。二年連続で七夕まつりが中止になって、短冊も集まらなくてね……。稲荷神さまは力を使い果たして、ものすごく弱っているんだ」

「いなりさま、おなか、ぺこぺこなのー」

おなかを押さえ、コン太は悲しげな声で訴える。

突拍子もない話なのに。叶ちゃんたちは真剣な表情で僕らの話に耳を傾けてくれた。

「ひとつ願いごとを叶えるたびに、少し力を取り戻して、一枚だけ葉が緑色になるんだけど……。そのことに興味を持った研究者がね、この笹のことを調べたいっていっているんだ。大学の研究室に、この笹を渡さなくちゃいけなくなったんだよ」

「渡したら、どうなっちゃうんですか？」

「変な実験とか、されちゃうの？」

心配そうな顔で、三人は笹を見上げる。

「詳しいことはわからないけど。たぶん、いろいろされるんだと思う。稲荷神さまにも危害を加えられるかもしれない」

コン太の瞳が、みるみるうちに潤んでゆく。

「こわいこわい、いきたくないのー」

「僕だって、行かせたくないよ。だから大学に持って行かれる前に、僕はこの笹の葉を全部緑にして、稲荷神さまの力を回復させてあげたいんだ」

そっと頭をなでると、コン太はじっと僕を見上げ、むぎゅうっと抱きついてきた。

ちいさなその身体は、ふるふると小刻みに震えている。

「変な実験をされちゃうのは笹なのに、どうしてコン太くんまで怖がってるの？」

不思議そうな顔をされ、コン太は僕にしがみついたまま答えた。

「こんた、いなりさまの、けんぞく！　こんたもいっしょ、つれていかれちゃうの」

「けんぞくって……『眷属』のこと？　神さまのつかい？」

　叶ちゃんに問われ、コン太はこくこくとうなずく。

「こんた、いなりさまのつかいなの。ささ、はなれちゃだめなの。ずっとかみさまといっしょ、いるの」

　いきなりそんな話をされたら引くだろう。心配だったけれど、彼女たちは引くどころか、瞳をきらきらと輝かせて身を乗り出した。

「すごい！　きつねは神さまの使いだっていうもんね。もしかして、コン太くんのお耳やしっぽって、本物なのかな」

　こくっとうなずいてズボンを脱ごうとしたコン太を、ぎゅっと抱きしめ、僕は慌てて否定する。

「これは、偽物。都内の大学の研究所でロボット工学の勉強をしている、僕の友だちが作ったんだ。本物そっくりでしょ」

　むー、むーと大暴れするコン太の耳元で囁く。

「お耳のこと、隠さないと。こわいこわい、連れて行かれちゃうよ」

　よっぽど不安なのだと思う。ぴたっと動きを止め、コン太はおとなしくなった。

「いつまでに、葉っぱを緑にしなくちゃいけないんですか」

「三週間後。なんとかして緑にしたいんだけど。願いごとはひとりひとつまでしか頼めないから、難航《なんこう》しているんだ」

三人は笹に近寄り、じっと葉っぱを見つめる。

『近い。むやみに近づくな！』

稲荷神さまが悪態を吐いたけれど、やはり叶ちゃんたちには聞こえていないようだ。

「いわれてみれば、確かにどんどん緑の葉っぱが増えていますね。最初に見たときは、全部茶色かったのに」

「もしかしてこの笹って、いつもまちかど広場に飾られていた『枯れない笹』ですか」

「そうだよ。枯れない笹が枯れずに何十年も元気な姿を保ち続けていられたのは、神さまが宿っているからなんだ」

どこまで信じてもらえるか、わからないけれど。可能な範囲で真実を伝えようと思う。

「えーっ。あの笹が枯れちゃったんだ……。ショック……」

「なんとかしてあげたいね。神さま、助けてあげたい」

「だけど、私たちはもう、願いごと、叶えてもらっちゃったんだよね」

三人は顔を見合わせ、しょんぼりと肩を落とす。

「たくさん短冊を集められるいい方法、なにかないかな」

フードトラックのお客さんや広場にやってくる人に声をかけるだけでは、あと三週間で笹をすべて緑にするのはどう考えても不可能だ。

「SNSでバズれば、たくさん集まると思いますけど……」

「どうやったらバズるのかな」

「よい意味で拡散されるのは、心があったかくなるエピソードや、『助けてあげたい。応援してあげたい』って思えるようなものですね。たとえば後者だと、『間違えて大量に発注してしまいました。助けてください』とか。冷静に考えてみると、誤発注した人が悪いんだけど。それでもみんな、無駄にならないように買いに走ってあげるじゃないですか」

いわれてみれば、そうだ。炎上や誹謗中傷など、悪い部分が注目されやすいSNSだけれど。困っている人を皆で助けている場面も、何度も見かけたことがある。

「ストレートに、『助けてください』ってお願いするのがいちばんだと思うんですけど。『神さまが笹に宿っている』なんて、なかなか信じてもらえないと思うんですよね。うまくやらないと、怪しい宗教だと思われちゃう」

「そこなんだよね。『壺とか売りつけられちゃう！』って警戒される可能性が……」

「かといって、リアルに信じられすぎて、『笹の謎を科学的に解明したい』ってひとたちが集まって来るのも困るし……」

しばらく考え込むようなしぐさをした後、突然、紗夏ちゃんが声をあげた。

「いっそのこと、思いっきりファンタジーにしませんか。たとえば、江《え》の島《しま》の『天女《てんにょ》と五頭龍《ごずりゅう》』の伝説みたいに。龍が現実にいたなんて信じている人、ほとんどいないけど。ロマンティックな話だから、みんな大好きでしょ。あんな感じで、枯れない笹の物語を作るの。みんながこの笹のことをもっと好きになって、助けたいなぁって思えるような話」

「いいね、それ。平塚の七夕って、元々戦災からの復興《ふっこう》を願って始まったんだよね。空襲で燃えずに残った『枯れない笹』は、復興のシンボルだったたって聞いたことがあるよ」

思わず身を乗り出して相づちを打った後、僕は不安になって小声で稲荷神さまに尋ねた。

「枯れない笹の物語とか、勝手に作ったらまずいですか……？」

怒られるかと思い、身構えたけれど。返事は意外とあっさりとしたものだった。話し方も、ふだんの偉そうな口調より、若干やわらかく感じられる。

『別に構わん。そういった伝承《でんしょう》があるからこそ、神の存在は保たれておるのだ。伝承や信仰がなくなれば、神の存在価値は薄れ、いつかは消えてしまう』

「自分たちで伝承を作るなんて、楽しそう！」

「どうせなら、オリジナルの動画を作ろうよ。写真やCGを使って。演劇部の子にナレーションも入れてもらおう」

盛り上がる三人の姿に、なぜだかコン太もうれしそうだ。くるくるまわって謎の踊りを踊りながら、「どーが！　どーが！」と、くり返している。

「ありがとう。僕ひとりじゃ、枯れない笹の物語を作ろうなんて思いつかなかったし。思いついてもオリジナルの動画なんて、自力では作れそうにないよ」

頭を下げた僕に、紗夏ちゃんは朗《ほが》らかな声で答える。

「お礼は、『おやつ無料券』でいいですよ」

「もちろんだよ。桃の値段が落ち着いてきたから。今日は桃のパフェを作ろうと思うんだ。試食してくれるとうれしいな」

「やったー！」

「ももぱっふぇー！」

ぴょこぴょこ飛び跳ねるコン太とハイタッチして、皆は大喜びしてくれた。


農商高校の生徒たちが作った動画、『枯れない笹と子ぎつね稲荷』。

動画投稿サイトやSNSにアップされると、瞬く間に拡散されていった。

平塚大空襲で社が炎に包まれ、稲荷神さまとコン太扮する眷属の子ぎつねが社から逃げ出すシーンで始まる動画。動画のなかで、コン太は獣耳としっぽの生えた、もこもこの子ぎつね型着ぐるみつなぎを着ている。

神さま役は六十代くらいとおぼしき男性だ。律くんのおじいさんが演じているそうで、白髪《はくはつ》のかつらをつけ、長い白ヒゲを蓄えている。

『なぜ、我の役を年寄りが演じておるのだ！』

動画を観た稲荷神さまは、とても不服《ふふく》そうだ。

「神さまっていうと、お年寄りのイメージがあるからじゃないですか？　まさか、こんな生意気なお子さま神だなんて、誰も想像もしていないんだと思いますよ」

『──貴様、また我をお子さま神と呼んだな！』

「事実じゃないですか。声変わりもしていない、お子さまだ」

『なんだと！』

「めーっ！　けんか、めっ、めっ！」

両手を広げたコン太が、僕と笹の間に割って入ってくる。

すっかり気に入ったようで、今日も農商生の作ってくれた着ぐるみつなぎ姿だ。獣耳としっぽのついた、もこもこのつなぎはとても愛らしく、コン太によく似合っている。

画面のなかのコン太は、笹を仮住まいにした稲荷神さまのために、かいがいしく世話を焼いている。けれども、社を失った稲荷神さまに願いごとをする者はおらず、稲荷神さまはどんどん弱ってゆく。

見かねたコン太は笹を飛び出し、道行く人々に紙切れを差し出しては、願いごとを書いてくれるよう頼んでまわった。

『ねがいごと、かいてほしいのー！』

コン太の口ぐせが、動画のなかでも登場している。

焼け野原に、ぽつんと残った一本の笹。だんだんと周囲に木や竹、トタンで作られた仮設住宅が建ち、がれきの狭間を牛車がゆっくりと横切ってゆく。

それが七十数年前の実際の平塚の風景だと気づき、僕は動揺を隠せなかった。

動画は早回しで、復興してゆく町のようすを伝える。モノクロの映像。短冊にだけ、色がついている。笹に、一枚、また一枚、と短冊が増え、画面に彩りを添えていった。

そして、空襲から五年後に行われた七夕まつりの前身、復興まつりの写真が映し出された。会場には、『枯れない笹』と、両手いっぱいに短冊を手にしたコン太の姿。まつりに訪れたひとたちに願いごとを書いてくれるようねだっている。

周囲の背景が、少しずつ変化してゆく。

大きな工場がたくさん建ち、七夕まつりの飾りも年々華やかに、盛大になってゆく。オープンカーに乗った美しい織り姫が手を振り、人々は笑顔で祭りを楽しんでいる。

たくさんの短冊がぶら下がり、モノクロだった背景が、少しずつカラーになった。

このまま華やかな祭りが続くと思ったのに。突然、町の灯りが消えて真っ暗になった。

『ほぁ、まっくらくら！』

不安そうなコン太の声がして、画面の中央に『２０１１』と表示された。

『こんなときに、祭りなんかすべきじゃない』

『こんなときだからこそ、祭りの火を絶やしてはダメだ』

暗闇のなか、議論する声が聞こえる。画面が明るくなり、まちかど広場で人々が黙《もく》とうを捧げる姿が映し出された。

画面の片隅には、『枯れない笹』が映っている。いつになく真剣な表情をしたコン太が、短冊を手に笹を見上げている。

つるされた短冊は、すっかり減ってしまった。笹の葉は茶色く変色し、枯れかけている。

ぎゅっと短冊を握りしめ、コン太は皆のもとへと駆けてゆく。

『ねがいごと、かいてほしいの！』

短冊がひとつ、またひとつ、と増え、枯れかけた笹が、ふたたび緑の葉を取り戻してゆく。

画面の中央に表示された数字が、２０１２、２０１３と変化していった。

そして、２０２０年。七夕まつりの開催中止を報じたタウン誌の記事が、画面いっぱいに大写しになる。一枚も短冊のぶら下がっていない笹を、ぼんやりと見上げるコン太の姿。

笹の葉が、一枚、また一枚、と茶色く変色してゆく。

２０２１年。博物館の収蔵庫に入れられた笹と、傍らで体育座りをしたコン太。すっかり枯れた笹を前に、コン太の瞳から透明な雫が溢れ出す。

２０２２年。収蔵庫の扉が開き、ひとりの青年が入ってくる。

――恥ずかしいから、早飛ばししたい。映し出されたのは、僕だ。エプロンをつけた僕が、笹を抱えて博物館の外に運び出す。

泣き疲れてぐったりと床にしゃがみこんでいたコン太が飛び起き、ちょこちょこと僕の後をついてきた。

ひさびさに浴びた太陽の光に、コン太は目を細める。博物館前の広場、フードトラックの脇に飾られた笹を見上げ、コン太はうれしそうにくるくると回り、青い空に手を伸ばした。

フードトラックにやってくるお客さんに短冊を差し出し、コン太はいっしょうけんめい、願いごとを書いてくれるよう頼む。

一枚、二枚、と短冊が掲げられ、枯れた笹の葉が、少しずつ緑色に変化してゆく。

『合同マルシェを無事に開催できますように』

短冊の一枚が大写しになった後、かな農フェスタが無事に開催され、大喜びする高校生たちの映像が映し出された。

『じいちゃんの七夕飾りが、無事に完成しますように』

完成した七夕飾りの前で、ガッツポーズを決める蓮くんと大翔くん、おじいさんたち。

『依織くんが元気でいるかどうか、知りたいです』

湘南平で、スマホの画面越しに笑顔で互いの指でハートを作る、美咲さんと依織さん。

僕とコン太の叶えた願いごとが、次々と映し出されてゆく。

画面いっぱいに溢れる、皆の笑顔。コン太も大喜びで、ぴょんぴょん飛び跳ねている。

けれども、突然フードトラックから笹を撤去《てっきょ》しようとする人が現れた。坂間さんだ。よく引き受けてくれたなぁと思う。いつもの柔和な笑顔は封印し、悪役に徹している。

『収蔵庫には限りがあるんです。枯れた「枯れない笹」に価値はない。廃棄すべきです』

『めーっ！　ささ、みどりなるの。もうちょっとで、げんきなるの！』

飛びかかってきたコン太を、坂間さんはやんわりと払いのける。

『いつまでも待つわけにはいかないんですよ。まだこれっぽっちしか緑になっていない』

『なるのー！』

なんとかして笹を取り戻そうとするコン太に、坂間さんは告げる。

『三週間だけ待ちましょう。七夕までにすべての笹が緑になれば、廃棄をやめます』

『さんしゅうかん……』

ほぁ、とつぶやき、コン太が笹を見上げる。画面内に、叶ちゃんたち農商生が登場した。

励ますようにコン太の背後に立ち、深々と頭を下げる。

『お願いしますっ。「枯れない笹」を守るために、願いごとを書きに来てください』

『おねがい、するのー』

コン太もいっしょになって、ぺこりと頭を下げた。

頭を下げ続けるコン太の映像に、笹の場所を示した地図と専用SNSアカウントへのリンクが表示される。

「この動画を、たったの三日で作ったんだって？　今の若い子たちはすごいねぇ。ひと晩で再生回数が一万回を超えているよ」

　のんきな声で、コーヒーを手にした坂間さんがつぶやいた。

「大丈夫ですか。この動画だと、博物館の方たちが悪者になってしまいませんか」

「問題ないよ。学生さんの作った私的な動画だし、フィクションだと思う人が大半だろうからね。それに、もしなにかいわれたとしても、収蔵庫のスペースに限りがあるのは事実だ」

　博物館には、展示されている品以外にも、たくさんのものが収蔵されている。

　市民から寄贈された遺品などもあり、枯れた笹よりも、それらを優先するのは当然のことだと、坂間さんは考えているようだ。

「動画の効果が現れるといいんですけど……」

「現れるんじゃないかな。ほら」

　坂間さんが視線を向けた先には、きょろきょろと周囲を見渡す、大学生くらいとおぼしきグループの姿があった。笹を指さし、「あった！」と声をあげて近づいてくる。

「それじゃ、悪役は退治される前に立ち去るよ」

　片手をあげて、坂間さんは去ってゆく。フードトラックに近づいてきたひとたちに、着ぐるみ姿のコン太が、短冊を手に元気いっぱい駆け寄っていった。

動画の効果は絶大だった。連日のように、たくさんの人が願いごとを書きにやってくる。願いごとがあまりにも増えすぎて、僕とコン太だけでは、叶えきれなくなった。

困り果てた僕に、フードトラックのようすを見に来た瑛士さんが、軽い口調でいう。

「自分らで対処できないなら、手伝ってくれる人間を探せばいいんじゃねぇのか。たとえば、ほら。これなら俺が叶えられるぞ」

短冊に書かれた願いごとをリストアップしたノート。瑛士さんは、『今年こそ、サーフインに挑戦できますように』という願いごとを指さした。

「願いごとって、僕やコン太以外が叶えてもいいんですか」

笹に向かって小声で尋ねると、『当然だ』と偉そうな声が返ってきた。

『稲荷信仰は、元来「講《こう》」と切っては切れぬもの。我を信仰する者たちも、昔は講を作り、互いに助け合って生きておった。それこそが、我ら神の望む人々の在り方だ』

「コウってなに……?」

『信仰によって結びついた集まりのことだ。協力して祭礼を行い、日々の生活でも、互いを助け合う。神奈川県は特に稲荷講《いなりこう》が盛んでな。平塚にもたくさんの講があったのだ』

「『あった』っていうことは、今はもうないってことですか」

『なくはないが、減っておる。我を信仰する講も、今はもうない』

ふだんはふてぶてしい稲荷神さまの声が、少し寂しそうに聞こえた。

「じゃあ、僕らが稲荷神さまの『講』を作ってもいいんですね。願いごとを叶えてくれる仲間を募って」

『作れるものなら作ってみろ。昨今《さっこん》の人間に、そんな信仰心があるとは思えぬがな。せいぜい、正月に神社のさい銭箱に小銭を投げ入れて、己の幸せを祈るのが関の山だろう』

稲荷神さまは、不機嫌そうに、ふん、と鼻を鳴らす。

「もしかして、稲荷神さまがいつも不機嫌なのって、自分のことを誰も信仰してくれなくなったせいですか。そのせいで拗ねてる？」

『す、拗ねてなどおらぬ！』

ガサガサッと笹が揺れ、怒声が飛んでくる。図星だったのかもしれない。生意気な子ども神だ、と思っていたけれど。そんな理由で拗ねているのなら、なんだかかわいらしい。

「見ていてください。僕とコン太が、稲荷神さまの講を作ってみせますから」

稲荷神さまにそう伝え、瑛士さんに向き直る。

「瑛士さん。この方のサーフィンデビューをお手伝いしてあげてください」

「任せとけ。俺がいきなり連絡したらビビらせちまうだろうから、歩が連絡してくれよ。お前の人畜無害っぷりなら、誰もビビらない」

笹のほうから、吹き出す声が聞こえてきた。稲荷神さまにまで笑われてしまった。

「ちんちくむらりー！」

ぴょこんと飛び跳ね、コン太が反芻《はんすう》する。

『そんな嫌そうな顔をするな。我がお前を眷属に選んだのは、その特性所以《ゆえん》だ。お前もコン太も眷属として決して有能とは言い難いが、人と人を結ぶ上で、お前たちの善良さは何にも勝る強みだ』

褒めているのか貶《けな》しているのかよくわからない稲荷神さまの言葉を無視して、僕はリストの願いごとを再度確認してみる。

「この『歌がうまくなりたい』って願いごと、もしかしたら依織さんにお願いできるかもしれないな」

「こっちの『釣り友だちがほしい』は、桐山さんが叶えてくれるんじゃねぇのか」

お願いしてみると、彼らは快く引き受けてくれた。少しだけ目標に近づいたけれど、願いごとはまだまだたくさんある。

「どうしよう……。七夕まつりまでに叶えるなんて、絶対不可能だ」

途方に暮れた僕に、デザート無料券を使いに来た農商生たちが提案してくれた。

「叶えてくれる人を、SNSで募ってみたらいいんじゃないですか。願いを叶えたい人と、叶えてくれる人を、ネット上でつなぐの」

「そんなの、応じてくれる人、いるかな。願いを叶える側には、なんの得もないのに」

「ダメもとでやってみたらいいですよ。あ、私、この願いごと、叶えられそう」

紗夏ちゃんが指さしたのは、『YouTuber《ユーチューバー》になりたい』という小学生の願いごとだった。

「『世の中は、善意で溢れている』。私は、そう思います。だって――私たちの願いごとを叶えて、歩さんとコン太くんに得なこと、なにかありましたか」

　叶ちゃんに問われ、僕は口ごもりながらも答える。

「それは……笹が一枚、緑になったよ」

「そんなの、全然歩さんやコン太くんにとって得じゃない。っていうか、笹や稲荷神さまのためにいっしょうけんめいになってる、二人のその行い自体が『善意』なんですよ」

　考えたこともなかった。自分を『善良』だと思ったことなんて一度もないし、笹やコン太を助けたいと願うことが、善意だとも思っていなかった。

「ウチのおにいちゃん、アプリ開発のお仕事をしているんです。おにいちゃんに頼んでみます。願いごとをした人と、願いを叶える人を安全につなぐことのできる仕組み作り」

　紗夏ちゃんがそう言い残して帰った三日後に、願いごとを叶えてもらいたい人と、叶えてくれる人をつなぐアプリ『笹にねがいを！』のベータ版が公開された。

　七夕まつりまで、残り、十日。

　いつのまにか笹には大量の短冊がぶら下がり、緑の葉も着々と増えている。

　世の中は善意で溢れている。

その言葉を、少しだけ、僕も信じられるような気がした。

七夕まつりを一週間後に控えた午後。『第70回湘南ひらつか七夕まつり』が予定通り開催されることが確定し、七夕まつりへの出店について話し合うための、フードトラック事業者の会合が行われた。

今年の七夕まつりは例年と同じ形ではなく、七夕飾りの掲出場所を一部に限定し、飲食を伴う露店の出店を禁じ、交通規制も二カ所のみ。県外からの来場自粛を呼びかけ、規模を大幅に縮小する形での開催だ。

『七夕フードトラック事業の皆さまにも、密回避のために、ぜひ今回の七夕まつりにご協力いただきたいのです』

フードトラック事業のオンライン会合。スマホの画面に、市の担当者今井さんが映し出されている。

「いまいー！」

僕の頬に頬をくっつけるようにして、コン太が画面のなかの今井さんに手を振る。

今井さんはちいさくコン太に手を振った後、画面に資料を表示した。

『安心安全な七夕まつりを開催するために』と記されたそこには、テイクアウトメニューを提供するフードトラックを市内各所に点在させることで、七夕まつりに来場するお客さんたちに、密を避けて安全に七夕気分を味わってもらいたい、と書かれていた。

『購入後、すぐにフードトラックのまわりで食べ始めては、飲食系露店営業を禁止した意味がなくなります。そこで、お祭りの楽しさを感じつつ、家に持ち帰ったり、別の場所に持ち運んだりしてこそ楽しめる、持ち帰りに特化したメニューをご考案いただきたいのです』

今井さんの言葉に、事業者の誰かが『無茶ぶりするなぁ』と不満の声を漏らした。

『密を避ける秘策として、こちらのキャンペーンを考案いたしました！』

自信たっぷりに今井さんが表示した資料には『湘南ひらつか七夕まつり★七夕フード映え写真コンテスト』と書かれていた。

「なんですか、これ」

『商店街の皆さまやフードトラック事業者の皆さまが提供してくださる、持ち帰りの「七夕フード」を、平塚市内の名所やご自宅で楽しんでいる写真を撮影し、ＳＮＳにアップすることで参加できるフォトコンテストです。湘南平や湘南ひらつかビーチパーク、総合公園や八幡山の洋館、各所に専用のフォトスポットを設置して、密回避を促すんですよ』

小規模な祭りならではの企画なんです、と今井さんは力説する。

『祭りまであと一週間しかねぇんだぞ。今さらなにいってんだ。もっと早くいえよ！』

瑛士さんの声だ。同調するように、次々とヤジが飛ぶ。

直前まで、少しでも例年と同じように華やかな祭りにできるよう、奔走《ほんそう》していたのかもしれない。ギリギリまでいえなかったのにも事情があるのだろう。そう思うと、なんだか少しかわいそうだ。

「わかりました。残り一週間で、最高の七夕フード、考えてみたいと思います！」

今井さんに対する攻撃を軽減してあげたくて、僕は大きな声で告げた。

『歩、なにひとりだけ、いい子ぶってんだ！』

瑛士さんから飛んできた怒声を無視して、僕はコン太に向き直る。

「コン太、最高の七夕フード、作るよ！」

「おーっ！」

むいっと拳を天に突き出したコン太の拳に、僕の拳をこつんとぶつける。

「こんた、あまくてひえひえの、おいしいおやつがいいのー」

「夏らしい冷たいデザートなら、きっとみんな喜んでくれるね。だけど、冷たいデザートこそ、その場で食べないと溶けちゃうからなぁ……」

会議はまだ続いているようだけれど、頭のなかは完全に新メニュー作りでいっぱいだ。

「冷たいけど、溶けないデザート。しばらく持ち歩いても問題なくて……」

ぶつぶつとつぶやいたのが、マイク越しに皆に聞こえてしまったようだ。

瑛士さんから『マイク、オフにしろ！』というメッセージとともに、『シンカンセンスゴイカタイアイス！』という謎の単語が送られてきた。

シンカンセンスゴイカタイアイス。ネットで検索してみると、それは、新幹線の車内で売られている、とてつもなく硬いアイスクリームのことらしい。

スプーンが折れるほど硬く、十分以上放置してからじゃないと、食べられないのだという。

「なるほど。乳脂肪分の比率を高くして、空気の含有量を減らすとカチカチになるのか」

そういえば、高級アイスメーカーの広告にも、『食べる前に室温で少しやわらかくしたほうが、おいしく食べられます』と書かれているのを見かけたことがある。

「硬いアイスっていうだけじゃ、写真に撮っても映えないよなぁ……」

「あいす⁉　むー、あいす、つくる⁉」

駆け寄ってきたコン太が、きらきらした瞳で僕を見上げる。

「アイスだけじゃ、芸がないような気もするんだよね。コン太、アイス食べたいの？」

「たべたいのー！　あいすっ。しゅわしゅわとあいす！　だいすきなのー」

「しゅわしゅわとあいす？　クリームソーダのことかな。クリームソーダって、ＳＮＳですごく人気があるね。ウチの店のクリームソーダも、よく拡散してもらえてる」

きれいな色のソーダ水と、まぁるいアイスクリームに真っ赤なさくらんぼ。

レトロでかわいらしいその姿は、世代を問わず、たくさんの人たちに愛されているようだ。

「そうか、クリームソーダだ！　七夕らしくて、映えるきれいなクリームソーダを作ろう」

「くいーむそーらー！」

コン太がぴょこぴょこと飛び跳ねる。

そうと決まれば、アイデア出しだ。写真を撮ったときに映えて、作ってからしばらく経っても、おいしさが保たれるクリームソーダ。しかも、車で移動しても大丈夫なもの。

「うーん……。難題すぎる……！」

頭を抱えていると、背後から偉そうな声が聞こえてきた。稲荷神さまの声だ。

『お前ひとりで知恵が足りぬのなら、まわりを頼ればよいだろう』

「頼るって、誰を頼るんですか」

『「講を作る」などと偉そうなことをいって。誰も頼れる人間がおらぬのか』

「いないわけじゃないけど……」

思い浮かぶのは農商生や、瑛士さん。凪の社長さんにも相談できるかもしれない。食べられる紙に詳しかったから、坂間さんも、なにかいいアイデアを持っているかも。現役女子大生の美咲さんに訊けば、あの年頃の女性に人気のものがわかるかもしれない。

「いろいろ、いますね。うん。聞いてみますっ」

誰かに頼るのは、恥ずかしいことだと思っていた。自分ひとりで解決できず、頼ってばかりの自分を、情けないと思っていた。

だけど、きっと違う。頼れる人がいるっていうのは、とても幸せなことなんだ。

「誰かを頼って助けてもらったら、そのぶん、ちゃんと返せばいい。そういうことですね？」

僕の言葉に、稲荷神さまは、いつもどおりの偉そうな声で答える。

『ようやく気づいたか』

偉そうで、だけどその声は、思ったよりも、なんだかやさしいように感じられた。


皆からアイデアを聞かせてもらい、自分でもいろいろと調べた結果、夜店などで人気の『光るストローコップ』を使った『きらきら七夕クリームソーダゼリー』を作ることにした。

ゼリー部分は叶ちゃんたちが、かな農フェスタで作っていたものをアレンジし、夜空のようなグラデーションをつけた寒天ゼリーのなかに、カラフルな星型のトッピングシュガーと砕いたパチパチキャンディを閉じ込め、銀箔《ぎんぱく》シュガーを振りかけて華やかに仕上げる。

さらにゼリーのなかに果汁を凍らせたアイスキューブをいくつも埋め込んで、キューブが溶けると、ドリンクとしても楽しめるように工夫してみた。

新幹線の車内販売アイスを参考に作った自家製の固いアイスは別添えで渡し、やわらかくなったら、お客さん自身がゼリーの上に載せて完成させるシステムだ。

「面倒くさいって思われないかな……」

試作品を前に、不安を感じた僕に、農商高の生徒たちは「そんなことないですよ！」と励ましの言葉をかけてくれた。

「クリームソーダ作りで有名な方のSNSにも、いつも『作り方を知りたい！』ってコメントがたくさんついているんです。ちょっとした手作りって、好きな人が多いんですよ。『自分で作った！』って思うと、特別感が増すじゃないですか」

叶ちゃんはそういって、やわらかくなったアイスをゼリーの上にトッピングする。

夜と違って、日中はストローやコップが光っても、あまりインパクトがないけれど、それでも美しいグラデーションの寒天ゼリーがきらめくさまは、とても幻想的だ。

「ほぁ！　おいしそ！」

ぴょんぴょん飛び跳ねるコン太のために、僕もひとつ作ってあげた。

「この星形のトッピングシュガーや、ラメみたいなきらきらも、すっごくかわいいですね！　いつのまにか歩さんの女子力が上がってる……！」

「きらっきらー！」

コン太も、きらきら輝くきれいなものが、大好きなようだ。大喜びで、ぱちぱちと手を叩いている。

「ちゃんと、人気出るかな」

「出ると思いますよ！　私たちもＳＮＳで広めますし。頑張りましょう」

「がんばる、おー！」

　拳を突き出し、コン太がかわいらしい雄たけびをあげた。

　こうして応援してくれる人がいるのは、とても心強い。

「せっかく三年ぶりに七夕まつりを開催できるんだから。たくさん楽しんでもらえるものにしたいな。大人の僕からしたら、三年ってあっというまだけど。子どもや学生さんにとっては、一年、一年がすっごく重要だったりするもんね」

「そうですよ。私たち、これがみんなで過ごせる、最初で最後の七夕まつりになるかもしれないんです」

　都内から東海道線で一時間。都心から近いとはいえ、高校を卒業したら、進学や就職で地元を離れる人も多い。僕も調理師専門学校進学を機に、一度は平塚を離れた身だ。

「想い出に華を添えられるようなデザートにできるよう、頑張るよ」

　生徒たちから、歓声があがる。

　七夕まつりまで、あと三日。絶対に、よいお祭りにしたい。改めてそう思ったのに――。

　スマホの画面。季節を先取りした巨大な台風が、七夕まつりの日に関東地方を直撃するという予報が表示されている。

威力が強い上に、速度の遅い台風で、少なくともまつりの開催期間三日のうち、一日目と二日目は、暴風と大雨に見舞われることになるようだ。

せっかく飾った七夕飾りも、待避させることが決まった。

七夕まつり前日。分厚い雲に覆われた空の下。吹き荒れる風に翻弄され、駅前の商店街を彩る巨大な笹飾りたちが、ギシギシと不穏な音を立てている。

「やー、だめなのー！」

笹を撤去するひとたちに飛びかかるようにして、コン太は必死で止めようとした。

「コン太、邪魔しちゃダメだ」

大暴れするコン太を、慌てて抱き上げる。

「このまま飾っておいたら、せっかく作った飾りがめちゃくちゃに壊れちゃうし、風で飛ばされて落下したら、けがをする人も出るかもしれないんだよ」

飾りだけじゃない。しっかりと器具で固定された笹でさえも、倒壊しそうなのだ。

ぽつぽつと降り始めた雨が、弾丸のように大粒の激しい雨に変わる。

「コン太、帰ろう。大丈夫だよ。台風が直撃するのは、初日と二日目だ。きっと、三日目は晴れて、お祭りもできるから」

手足をばたつかせて泣きじゃくるコン太に、僕はそう言い聞かせた。

「そうもいかないみてぇだぞ」

　看板をしまうために店の外に出てきた瑛士さんが、ぼそりとつぶやく。

「どういう意味ですか？」

「商店主宛てに、一斉メールが来たんだ。初日は中止、二日目も天候によっては中止。二日目が中止になった場合は、三日目は天候が回復したとしても、自動的に中止だとよ」

　スマホの画面を見せられ、僕は眉をひそめる。

「そんな、どうしてっ……」

「密回避のためだろ。三日開催の祭りが一日開催に変更になったら、どうしたって来場者が集中する。ましてや、三年ぶりの開催だぞ。混雑するに決まってる」

　平塚の七夕まつりは、例年、百万人以上の人が訪れる大きなまつりだ。ふだんは三日間に分散する来場者が、一気に最終日に詰めかけたら、確かに大変なことになるだろう。

「仕方ねぇ、コン太、諦めろ。来年だ、来年。また来年、楽しめばいいさ」

　頭をなでようとした瑛士さんの手を、コン太は思いきり払いのける。

「らいねん、ないの一！　ささ、持って行かれちゃう。いなりさま、ないないしちゃうの！」

　ちいさな身体のどこにそんな力があるのかわからない。コン太は僕の身体を蹴り飛ばして、すたっと地面に飛び降りると、四つん這いになって駆けだした。

「わ、こら、コン太、ダメだってば！」

フードが外れ、獣耳があらわになる。おまけにズボンまでずり落ち、もふもふのしっぽが、ぶるんと飛び出した。金色の光に包まれたコン太の身体が、獣毛に覆われ始める。

がむしゃらに走り続ける四つ足の獣は、信号を無視して横断歩道に突っ込んでいった。

「コン太！」

横断歩道の直前で、タクシーが急停止する。直後の車が鳴らしたクラクションの音と、怒声が耳をつんざいた。

「すみませんっ……！」

運転手たちに謝罪し、全速力でコン太を追いかける。

まずい。この先は横断歩道のない、国道一号線だ。

子ぎつねの身体で歩道橋の階段を登れるとは思えないし、今のコン太には、車道は危険だという認識さえ欠けているように思える。

「国道なんかに飛び出したら、轢《ひ》かれちゃう！」

なんとかして、交通量の多い国道に出る前に捕獲しなくては。

手足がちぎれそうに痛い。心臓がバクバク暴れて、どうにかなりそうだ。

倒れそうになりながら、必死で走り続ける。

「コン太！　待って！」

間一髪。国道に飛び出す直前で、コン太を抱き上げることができた。

その場にへたり込んだ僕の目の前を、巨大なトラックがごおっと音をたてて走り抜けてゆく。

「やー！　はなして！」

思いきり噛みつかれたけれど、怯んでいる場合じゃない。ぎゅうぎゅうに抱きしめ、コン太を腕のなかに閉じ込める。

「離さない。稲荷神さまのところに行こうとしているんだろ。ひとりでは行かせない。いっしょに行こう。今まで、ずっと協力し合ってきただろう」

子ぎつね姿のコン太が、ふいっと僕から顔を背ける。逃げ出そうとするコン太を、僕はぎゅうっと抱きしめ直した。

「行こう、稲荷神さまのところに」

七夕まつりに向けた仕込みのために、今日はフードトラックの営業はお休みだ。稲荷神さまの宿った『枯れない笹』は、博物館にしまってある。

博物館のエントランスで受付スタッフにあいさつをして、二階に向かう。

ふだんなら、真っ先にメガロドンの模型を見たがるコン太だけれど、今日は見向きもせず、僕の腕から飛び出して、一目散に駆けてゆく。

笹は以前しまわれていた鍵つきの収蔵庫ではなく、バックヤードの廊下に置かれている。

扉を開くことができず、子ぎつねコン太はぴょんぴょん飛び跳ねてドアノブにつかまろうとした。

何度飛び跳ねても届かないと気づくと、僕のもとに駆け寄ってきて、ズボンのすそを咥えて引っ張る。

扉を開いてあげると、コン太は勢いよくバックヤードに駆け込み、笹に飛びついた。

「いなりさま、こんたのおねがい、きいてほしいのー！」

がさがさっと笹が揺れ、不機嫌そうな声が聞こえてくる。

『お前の願いごとは、とうに叶えたはずだ。願いごとはひとりひとつ。その決まりを破ればどうなるか、知っておるだろう』

じっと笹を見上げ、子ぎつねコン太は、こくんとうなずいた。

「それでも、かなえてほしいの。かなえないとだめなの。いなりさま、きえてほしくないのっ」

今にも泣き出しそうな声で告げたコン太に、稲荷神さまはいつになく穏やかな声でいう。

『人々から必要とされなくなった神が消滅するのは、自然の摂理《せつり》だ。神や集団よりも、己や己の家族を優先する。それは、決して間違ったことではない。時代の流れに逆らってまで、我は「ひとの世」にとどまろうとは思わぬ』

コン太は、ぶるっとちいさな身体を震わせ、「あうー」と悲しげな咆哮をあげた。

「こんた、かぞく、ないない。いなりさま、たすけてくれたの。いなりさま、こんたのかぞく。こんた、いなりさま、たすけるの！」

　コン太が僕に向かって飛びかかってくる。なにをするのかと思えば、エプロンのポケットからボールペンを咥えて奪っていった。

　子ぎつねコン太の足元に、一枚の短冊が現れる。コン太は器用にボールペンを咥え、そこに文字を書こうとした。

『やめろ。決まりを破って二つ目の願いごとを書けば、最初の願いごとは破棄されることになるのだぞ』

　稲荷神さまの制止を聞かず、コン太は黙々と文字を書き続ける。

　ぐにゃりとゆがんだ、下手くそな文字。短冊には『たいふう、ないない』と書かれていた。書き上がった短冊を、コン太は、あむあむと食べる。

「いなりさま、おねがい。いなりさま、ないない、こまるの。みんな、こまるの。みんな、いなりさま、すき。ささ、すき」

　たどたどしい言葉で、コン太はいっしょうけんめい、稲荷神さまに訴える。

『だが、この願いを叶えれば、お前は――』

「いっぱい、たのしかったの。いなりさまのけんぞく、なれて、うれしかったの。おいしいも、たのしいも、いっぱい。こんた、しあわせだったの」

なにか、すごく嫌な予感がした。どうして、過去形なんだろう。

「もう、さみしくないの。だいじょぶなの。いなりさま、おねがい。こんたのおねがい、かなえて」

くるっと子ぎつねコン太が振り返る。きつねの表情は、読み取りづらいけれど。ちいさなその顔が、にこっと笑ったように見えた。

「ばいばい。むー。おいしい、いっぱい、ありがと。こんた、むー、だいすきだったよ」

ふたたび笹に向き直ると、コン太は力いっぱい廊下を蹴って、笹に飛びかかる。

金色の光がコン太を包み込んだ。まばゆさに目を細め、ふたたび開いたときには、コン太の姿は跡形もなく消えていた。

翌朝、前日までの大荒れの天気がうそのように、空は高く晴れ渡り、雲ひとつない快晴になった。

七夕まつりの開催が正式に発表され、早朝から笹飾りの再掲出作業が始まった。

作業に時間がかかるため、初日の金曜日は、まつりの開始時間が午後一時に変更になった。

僕もフードトラックの営業時間を変更して、瑛士さんとともに、商店街の掃除や飾りつけに奔走した。

アーケードの狭間から、まばゆい太陽の光が降り注ぎ、じわりと額に汗がにじむ。

真夏のような暑さのなかで力仕事をするのは大変だけれど、作業にいそしむ皆の表情は、台風一過の青空と同じくらい、とても晴れやかだ。

七夕まつりが無事に開催されることを、誰もが心から喜んでいるのだと思う。

激しい風のせいで一部壊れてしまった飾りもあるけれど、半日がかりで、なんとか無事にすべての飾りを修復、設置することができた。

「縮小開催とはいえ、やっぱり平塚の七夕飾りは華やかだね」

空を覆い尽くすかのような、巨大な笹飾りたち。笹を彩る色とりどりの飾りを見上げ、僕は目を細める。

「あたりめぇだ。平塚の七夕飾りには、俺ら平塚市民の魂がこもってんだよ」

全国的に名の知られた大企業の出展もいくつかあるけれど、多くの飾りは平塚にゆかりのある企業や地元の商店、スポーツチームや学校によるものだ。

戦争からの復興、震災からの復興、そして、ふたたび迎えた経済的な危機を乗り越えようとするひとたちの願いが、飾りのひとつひとつにこめられているように思えた。

枯れない笹は、結局、例年のように、まちかど広場に飾ってもらうことができなかった。

密を避けるため、郊外に設置したほうがよいと判断されたからだ。

『枯れている姿を人々に見せるわけにはいかないから』という消極的な理由ではなく、

『SNSで人気を集めている笹をメイン会場から離れた場所に設置することで、人の流れを分散させたい』という前向きな理由で、ふだんどおり博物館前の広場、僕のフードトラックの脇に設置することになった。

午後一時。まつりの開始を報せる、サプライズの花火があがった。

真昼の花火。姿を見ることはできないけれど、ドンと周囲を震わせるその音は、夏の訪れの合図のように、ワクワクする気持ちを増幅させてくれた。

三年ぶりの開催とあって、大盛況のようだ。

駅前のメイン会場から徒歩十五分ほど離れた博物館前の広場にある僕のフードトラックにも、たくさんのひとたちがやってきた。

「すごい、この笹、動画に出てくる笹ですよね？　こんなに緑の葉が増えたんですね！」

きらきらと輝くクリームソーダゼリーを手にした少女が、色とりどりの短冊がぶら下がった笹を見上げて歓声をあげる。

『七夕まつりを無事に開催できますように』という願いごとが叶ったおかげで、黄金色に光っていた短冊たちは、元のカラフルな短冊に戻り、笹の葉は一気に緑色になった。すべてが緑の葉になるまで、あと少しだ。

喜ぶべきことだけれど――。誰よりもそのことを望んでいたコン太の姿はない。

「願いごと、書かせてもらってもいいですか」

瞳を輝かせ、少女はカウンター越しに僕に声をかけてきた。

「どうぞ。よかったらそこのペンを使ってください」

フードトラック脇のテーブルを、僕は指さす。

願いごとを書いてもらったところで、肝心の、短冊を食べるコン太がいない。

それでも、僕は短冊とペンを用意して、フードトラックを訪れてくれたお客さんに、願いごとを書くように勧めた。


コン太がいなくなった後も、緑の葉は着々と増え続けた。

アプリ『笹に願いを！』でつながったひとたちが、僕やコン太の代わりに、願いごとを叶えてくれているからだ。

願いごとを叶えてもらったひとたちが、そのお礼に、と、さらに別の誰かの願いごとを叶えてくれるケースも増えている。

短いムービーや写真を投稿することができる仕組みで、アプリ上にはたくさんの笑顔と、感謝の言葉が溢れている。

「コン太がこれを見たら、喜ぶだろうな」

笹の葉を緑にしたい。稲荷神さまを助けたい。

その一心で、ちいさな身体で精いっぱい奮闘していたコン太は、願いごとが叶って笑顔になるひとたちを見るのが大好きだった。願いごとが叶うたびに、自分のことのように、ぴょこぴょこ飛び跳ねて大喜びしていたのだ。

突然訪れた、コン太との別れ。

ニコニコ顔でちょこちょこと動き回るコン太がいないと、あんなにも賑やかだったフードトラックの厨房が、がらんと広くなったように感じられる。

もう二度と、コン太には会えないのだろうか。

平塚の七夕まつりは、日中もきれいだけれど、ライトアップされた夜の時間帯が、特に人気がある。

今年は飲食系の露店が禁止されているけれど、ふだんなら、たくさんの屋台が立ち並び、お化け屋敷などの出し物も行われ、昔ながらの夜店の雰囲気を楽しめるからだ。

夜の七夕飾りを楽しみに、今年もたくさんの人が集まってきているのだろう。

夕方になると、浴衣をまとった親子連れのお客さんが増えた。

コン太と同じくらいの年頃の幼児を見かけるたびに、目頭が熱くなって、僕は必死で涙をこらえながら、クリームソーダを作り続けた。

フードトラックを離れるわけにはいかず、メイン会場には一度も行けなかったけれど。

SNSにアップされる数々の写真から、三年ぶりに開催された七夕まつりが、とても盛り上がっているのだということが伝わってきた。

美しくライトアップされた笹飾りの下、おそろいの浴衣で、みんなで過ごす初めての七夕まつりを満喫《まんきつ》する農商生たち。

七夕飾りコンクールの表彰式で、そろって特選に選ばれた凪の社長と浜屋の社長が、蓮くんや大翔くんとともに、笑顔でピースサインをする姿。

会場に訪れるひとたちに笑顔で手を振る、浴衣をまとった美咲さんたち織り姫の姿。

画面越しに見るたくさんの笑顔と、カウンター越しに見える、光るクリームソーダを手に満面の笑みを浮かべるひとたちの姿。

自分の作るクリームソーダも、七夕まつりを訪れたひとたちの記憶のひとつになるのだ、と思うと、落ち込んでばかりはいられない。

なんとか笑顔を作り、精いっぱい、心をこめてクリームソーダを作り続けた。


七夕まつり最終日。

最終日の終了時間は午後五時だけれど、まつりの終了時間になっても、フードトラックの行列は途絶えることがなかった。

まつり会場から帰宅する際に、立ち寄ってくれる人が多いのだろう。

ようやく最後のお客さんにクリームソーダを手渡し、閉店作業を始めたときには、すでに二十時をまわっていた。

「おつかれさま。おお、すごい。見事に緑色になったねぇ」

すべての葉が緑色になった笹を見上げ、坂間さんが感嘆の声をあげる。

「珍しいですね、坂間さん。こんな時間に来るなんて」

「新しい展示の準備で、遅くなったんだよ。博物館の二階展示室に、市内の稲荷信仰について紹介した『講のつどい』って展示があるの、知っているかい」

「あの、お稲荷さんの飾られているところですか」

コン太と初めて博物館の展示をいっしょに見て回ったとき、コン太が大はしゃぎした展示が二つあった。

ひとつは閉館した油壺《あぶらつぼ》マリンパークから譲り受けたという、巨大な鮫《さめ》、メガロドンの複製模型。もうひとつは、ちいさな社が飾られた、稲荷信仰の展示だ。

「あそこにね、『現代の「講」』として、きみたちの取り組みを紹介させてほしいんだ」

「別に構いませんけど。そんなこととして、なにになるんですか」

「悲しいことに、昨今、公共施設の有用性を利用者数ではかる風潮があってね。地域の博物館も、テーマパークや観光スポットとしての役割を求められがちになっているんだ。残念な風潮だけど、今回はそれを利用させてもらったんだよ」

　にこっとほほ笑み、坂間さんは笹を見上げる。

「市の委員会に『ＳＮＳで大人気のこの笹を活用すれば、博物館の来館者数を爆発的に増やせますよ』って提案したんだ。研究のためによそに提供するより、そのほうがずっと有益です、ってね」

「じゃあ、もしかしてこの笹は……っ」

「博物館の屋外展示物として、これからもこの広場に飾り続けてほしい。まあ、それだと館内まで足を運んでもらえなさそうだからね。短冊は博物館二階の『講』の展示まで来ないと手に入らないようにしてもらえると助かるんだけど……ダメかな」

「この笹、どこにもやらなくていい、ってことですか。ずっと、ここに飾っていて、いいんですか」

　思わず叫び、坂間さんの腕をつかんで詰め寄る。

「い、いいよ。――きみ、意外と力が強いねぇ、痛いよ」

「わ、すみませんっ」

　慌てて離し、姿勢を正す。深々と頭を下げた僕に、坂間さんはミニチュアの笹飾りを差し出した。短冊の代わりにお菓子がぶら下がっている、子ども向けのものだ。

「あの子に渡そうと思って持ってきたんだけど、今夜はいないのかな」

なにも答えることができず、僕は唇を噛みしめる。

笹を守ることができたのはうれしいけれど、そのことを誰よりも喜ぶはずのコン太が、今はもういない。

改めてそのことを思い知らされたみたいで、無性に胸が苦しい。

「渡してあげてよ。僕からだ、と伝えると嫌がるだろうから。きみからのプレゼントにでもしてくれると助かる」

差し出された笹を、僕は無言で受け取った。

涙をこらえていることを悟られないように、さりげなく坂間さんに背を向ける。

「笹を返却しがてら、新しい講の展示を見ていくかい？」

背後から声をかけられ、僕はぎゅっと笹飾りを握りしめて振りかえる。

「いいんですか。もう閉館時間、とっくに過ぎていますよね」

「いいよ。きみたちの展示なんだから。一般公開前に、ぜひ見に来てほしい。本当は、あの子にも真っ先に見せたかったんだけどな」

あの子、という言葉にぎゅっと胸をしめつけられながら、僕は坂間さんにもらった笹飾りをフードトラックに置き、枯れない笹を担いで閉館後の博物館へと向かった。

しんと静まりかえった、薄暗い館内。二階展示室の一角に、その展示はあった。

『受け継がれてゆくもの～『枯れない笹』と稲荷信仰の新しい形～』と名付けられたそこには、液晶画面が設置され、農商生たちが作ってくれた動画が映し出されている。

「実は、彼女たちには前もって許可をとってあったんだ。きみとコン太くんには、サプライズで、今夜伝えようと思ったんだけどね」

画面に目を向けたまま、坂間さんは、ぽつりとつぶやく。

ぐっと拳を握りしめ、僕は坂間さんを睨みつけた。

「僕もコン太も、笹を持って行かれるんじゃないかと思って、必死で頑張っていたのに。なんでもっと早く教えてくれなかったんですか」

ちいさく口元だけでほほ笑み、坂間さんは僕に向き直る。

「なかなか許可が下りなかったんだよ。笹の葉が緑になる原因を探れば、人類の未来に役立つなにかが見つかるかもしれないって考えるひとたちもいてね。確かにそうなんだけど。個人的には、どれだけ調べても、なにもわからないんじゃないかって思ってる。理系学芸員の僕がこんなことをいうのもどうかと思うけど。『枯れない笹』には、科学じゃ判明できないなにかが、あるんじゃないかって思うんだ」

ふたたび画面に目をやり、坂間さんは、つぶやいた。

画面のなか、真剣な表情をしたコン太が、皆に短冊を書いてほしいと頼んでまわっている。

『ねがいごと、かいてほしいのー！』

音声は流れていないけれど。それでもコン太の声が、僕の耳には聞こえた気がした。

初めてコン太に出逢ったときのことを思い出し、目頭《めがしら》が熱くなる。

握りしめた拳が、ふるふると震えて、少しでも気を抜いたら、涙が溢れてしまいそうだ。

その場に立ち尽くし、身動きひとつできなくなった僕を、坂間さんは退館を促すことなく、そっとしておいてくれた。

何度も、何度もくり返し流れ続ける、コン太主演の『枯れない笹と子ぎつね稲荷』の動画。

博物館は、僕とコン太が出逢った場所だ。

この動画を眺め続けていたら、短冊を手にしたコン太が、あの日、笹から飛び出してきたときのように、元気いっぱい画面から飛び出してくるかもしれない。

どんなに動画を眺め続けても、そんな僕の願望は、決して叶《ふ》うことがなかった。

ようやく展示を離れ、博物館の外に出ると、すっかり夜が更けていた。

まつりの熱気は完全に消え、広場は静寂に包まれている。

広場の一角、街路灯に照らされたフードトラックの脇に、着物姿の見知らぬ青年が立っていた。

すらりと背が高く、肩まで伸びた艶やかな黒髪の青年。肌は抜けるように白く、遠目に見ても、とても整った顔立ちをしているということがわかる。

おそるおそる近づいた僕に視線を向けると、青年は低くなめらかな声でつぶやいた。

「世話になったな」

その口調には、かすかに聞き覚えがあった。

すっかり声変わりしているけれど、偉そうなその口調は、稲荷神さまそのものだ。

「稲荷神さま……?」

目を見開いた僕に、青年は得意げに胸をそらしてみせる。

「お子さま神などではないだろう。これが、我の本来の姿だ」

確かに外見はお子さまではないけれど。中身は相変わらず、なんというか、あまり大人げがないように思える。

お子さまじゃないですか。と突っ込むわけにもいかず、僕はその部分には触れないでおくことにした。

「無事に、復活できたんですね」

「お前たちの作った、新しい『講』のおかげでな」

形のよい稲荷神さまの唇が、ゆるく弧を描く。

ふわりと花が開くような、優美な笑顔だ。

中身の大人げのなさと秀麗な容姿が、なんだかちぐはぐに思えた。

すっかり力を取り戻したのだろう。目の前の彼は、肌つやもよく、とても健康そうだ。

もしかしたら、アプリを通して、今も誰かが、誰かの願いごとを叶えてくれているのかもしれない。

人と人をつなぎ、支え合う仕組み。その仕組みが稲荷神さまを復活させたのだと思うと、感慨深い。

だけど、誰よりも稲荷神さまの回復を願っていたコン太は、もういなくなってしまった。

「コン太の最初の願いは、なんだったんですか」

僕の問いに、稲荷神さまは、フードトラックに置いてあった、おもちゃの笹飾りをつまみ上げながら答えた。

「『いなりさまの、つかいになりたい』。それがあの子ぎつねの、ひとつ目の願いだ」

静かな広場に、朗々とした稲荷神さまの声が響く。

その声が染みこむみたいに、コン太の願いが僕の胸を震わせた。

「ひとつ目の願いごとが破棄されて、コン太はどうなったんですか」

稲荷神さまは、舞でも舞うかのように美しい所作で笹飾りを頭上に掲げ、夜空を見上げる。

「お前は、きつねの寿命を知っておるか」

「知りません」

声が、かすかに震えた。ちいさく深呼吸して、動揺を悟られないようにこらえる。だけど、どんなに頑張っても、指先の震えを止めることはできそうになかった。

「おおよそ二年、せいぜい長生きして五年だ」

そっけなく言い放たれたその声が、なぜだか少し悲しみを含んでいるように感じられた。

稲荷神さまの視線を追うように、夜空を見上げると、かすかに星が瞬いていた。

天の川は見えない。けれど、雲ひとつない濃い藍色の、きれいな夏の夜空だ。

そういえばコン太と、博物館のプラネタリウムに行く約束をしていた。

博物館の屋上で行われる天体観測会、『星を見る会』にも参加しようって約束していたのに。結局、どちらにも、連れて行ってあげることはできなかった。

天体望遠鏡をのぞき込んで、大はしゃぎするコン太の姿を思い浮かべ、無性に胸が苦しくなる。

星の瞬きが、ぐにゃりとゆがむ。

唇を噛みしめた僕に、稲荷神さまはゆっくりと歩み寄ってきた。

街路灯の作る長い影が、僕の足元にかかる。

神さまにも影ができるんだな、と、僕はどうでもいいことを考えた。

「願いごとを書け」

偉そうな声音でいうと、稲荷神さまは、僕に短冊を突きつける。

濡れた頬を拭い、僕は声が涙にゆがまないよう、必死で平静を装った。

「願いごとは、ひとりひとつまで、ですよね……？　僕の願いは、『枯れない笹が、元気を取り戻しますように』だ。もしその願いが破棄されれば、稲荷神さまは――」

「つべこべいっていないで、さっさとお前の願いごとを書け」

強引に短冊を握らされ、エプロンのポケットに手をやる。

そこには、あの日、子ぎつね姿のコン太が咥えたボールペンが刺さっている。いつでも短冊に願いごとを書いてもらえるように、常に持ち歩いているボールペンだ。

震える指でボールペンを抜き取り、僕はぎこちなく短冊に願いごとをしたためた。

『コン太をもう一度眷属にしてもらえますように』

書き終えた後、やっぱりダメだ、と思い直す。

願いごとはひとりひとつ。

欲張れば、ひとつ目の願いが破棄されてしまう。あの笹が枯れたら、稲荷神さまはまた力を失ってしまうのだ。今度こそ本当に、消滅してしまうかもしれない。

短冊を破ろうとしたそのとき、長く白い指が、すっと短冊をかすめ取っていった。

仏頂面《ぶっちょうづら》のまま、稲荷神さまは躊躇《ちゅうちょ》なく、短冊を口に放り込む。

むしゃむしゃと咀嚼《そしゃく》すると、すうっとその身体が薄く透明になっていった。

地面に伸びた影も、いつのまにか消えている。

「稲荷神さまっ……」

あっという間に、稲荷神さまの姿が闇夜に溶けてゆく。

ぱさりと地面におもちゃの笹飾りが落ち、ふわりとちいさな黄金色の光が、蛍の光のように舞い降りてきた。

ふわふわと舞うその光が、だんだんと大きく、強くなってゆく。

まばゆさに目を細め、ふたたび開くと、そこには藍色の着物をまとった、愛らしい幼児の姿があった。

薄茶色の髪に、翡翠色の瞳。ぴんと立った獣耳に大きなしっぽ……コン太だ。

「コン太！」

全速力で駆け寄った僕を見上げ、コン太は不思議そうに首をかしげる。

「むー……？　ゆめのせかい……？　こんた、ゆめ、みてる？」

ゆらりと立ち上がり、コン太はふらふらと歩きだす。

「こんた、ないないしたの。もう、むーとあえないの。あいたいけど、あえないの。むーにも、いなりさまにも、あえないの」

ぽろぽろと涙を流しながら、コン太は僕に手を伸ばした。

ちいさな手をめいっぱい伸ばして、僕に触れようとする。

「さわると、きえちゃう……？」

おそるおそる、コン太は僕の足に触れた。

「消えないよ。夢じゃない。本物だ」

コン太の目が大きく見開かれる。

僕は地面に膝をついて、コン太に目線の高さを近づけた。

コン太はじっと僕を見上げると、手を伸ばして、ぴと、と頬に触れる。ぺたぺたと何度も僕の頬を叩き、「ほぁ！」と愛らしい歓声をあげた。

「むー、ほんもの！」

つぶらな瞳がこぼれそうなほど目を見開き、コン太は叫ぶ。

「本物だよ。おかえり、コン太」

勢いよく飛びかかってきたコン太を、ぎゅっと抱きとめる。コン太は僕にぎゅうぎゅうにしがみついて、「むー、あいたかったのー！」と叫んだ。

しばらく大はしゃぎした後、コン太はフードトラックの脇に、枯れない笹が置かれていないことに気づいたようだ。

「むー、ささは？」

「大学に貸し出さなくてよくなったよ。これからもフードトラックの脇に飾っていいことになったんだ。今は、いつものバックヤードの廊下にしまってある」

僕の言葉を最後まで聞くことなく、コン太は走り出す。

博物館の扉に思いきり体当たりしようとしたコン太に、通用口から出てきた坂間さんが声をかけた。

「コン太くん、こんな時間にどうしたんだい」

「さかま！　いなりさま！　いなりさまに、あいたいの。あわせて！」

坂間さんに飛びかかり、コン太は懇願する。

まずい。耳としっぽが丸見えだ。

どうしよう。理系の坂間さんには、きっといつもの言い訳は通じない。

「仕方ないなぁ。本当ならこんな遅い時間に入れちゃダメなんだけど……なにか理由があるんだろう。特別に入れてあげるよ。おいで、コン太くん」

なぜかコン太の耳やしっぽのことには触れず、坂間さんは、いつもどおりの穏やかな笑顔でコン太を抱き上げた。

「さかま、きらい！　さかまのだっこ、や！」

お願いごとをする立場なのに、コン太は相変わらず坂間さんには容赦がない。

思いきりひっかかれ、坂間さんは苦笑いしてコン太を僕に託した。

坂間さんが正面玄関の扉を開けると、コン太は僕の腕からも飛び降り、一目散《いちもくさん》に館内に駆け込んだ。

消灯後の薄暗い博物館内。ぼんやりと非常灯の灯る館内を、コン太はわき目もふらず、まっすぐバックヤードへと駆けてゆく。

僕と坂間さんはコン太を追いかけ、コン太が体当たりする前に、バックヤードの扉を開いてあげた。

先刻まですべての葉が緑だったのに。廊下に立てかけられた笹の葉は、すっかり茶色く変色し、すべての葉が枯れてしまっていた。

「いなりさま……。もしかして、こんたのせい⁉」

ぽろぽろと涙を流しながら、コン太は笹に抱きすがる。

がさがさっと笹の葉が揺れて、幼い少年の声が聞こえてきた。

『泣く必要などない。必要とする者がいるかぎり、我は存在を保ち続けることができるのだ。何度でも、よみがえることができる』

かわいらしい声なのに、ものすごく偉そうな口調。稲荷神さまの声だ。

「でもっ……」

えぐっとしゃくりあげ、コン太がつぶらな瞳で笹を見上げる。

『お前は、ふたたび我の眷属になったのだ。明日から、また我のために願いごと集めに励め。よいな』

濡れた頬を拭いながら、コン太はこくこくとうなずいた。

『わかったら、今夜はその男のところで休め。我は、ひとりでゆっくり休みたい』

力を使うと、神さまも消耗してしまうのかもしれない。『さっさといけ』と稲荷神さまは、そっけない声でコン太に告げた。

コン太はしばらくの間、ぎゅーっと笹を抱きしめ続けた後、くるっと僕のほうを振り返る。

「むーも、あしたからも、けんぞく、する?」

「もちろんだよ。コン太が望むなら、なんだって手伝うよ」

ぱぁっと笑顔になって、コン太は僕に駆け寄ってくる。

「いっぱい、ねがいごと、あつめるの。いっぱい、がんばるの。だから――いなりさま、こんた、ずっと、かぞくにして」

たどたどしい口調で伝えたコン太に、稲荷神さまは、ふてぶてしい声で答える。

『「家族」にする、などといっておらぬ。家族ではなく、「眷属」だ』

「かぞくもけんぞくも、いっしょ!」

『ちっともいっしょじゃない』

「いっしょ!」

むいっと拳を突き出し、コン太は言い返す。

面倒くさくなったのか、稲荷神さまは『好きにしろ』とあきれた声で答えた。

笹と会話する僕らの姿は、きっと坂間さんの目には、とても奇異《きい》なものに感じられるだろう。それでも、坂間さんは僕らに、なにも尋ねてはこなかった。コン太の耳やしっぽのことにも、なにも触れようとしない。

なかなか笹のそばを離れようとしないコン太を、せかすことなく、そっとしておいてくれた。

どれくらい、そうしていただろうか。

『さっさといけ』と、どんなに邪険にされても、コン太は稲荷神さまのそばを離れたがらなかった。

ぐるぐるぎゅーと腹の音を鳴らし、空腹でその場にへたり込むと、ようやく立ち去る気になったようだ。

「おいで、コン太。ごはんにしよう」

歩み寄った僕に抱きつきながらも、名残惜しそうに笹を振り返る。

「大丈夫。明日も会えるよ」

『明日、どころか、明後日《あさって》も明明後日《しあさって》も、その次の日も、この先、何年も、だ』

「ずっと?」

じっと笹を見上げ、コン太は問う。

『ああ、ずっとだ』

稲荷神さまの言葉に満足したのか、コン太はこてん、と僕の胸に頭を預けた。

ずしりとした重みと、やわらかなその身体の温かさが、なんだかとても心地よく感じられる。

「いなりさま、かぞく、してね。ゆびきり！」

ゆびきりなんて、どこで覚えてきたのだろう。

「ゆーびきーり、げーんまー、ゆっぴゆっぴゆー！」

という、デタラメな歌詞で歌を歌いながら、コン太は突き出した小指を振ってみせる。

『指など切らんでも、我は決して、約束は破らぬ』

不機嫌そうな稲荷神さまの声に見送られ、僕らはバックヤードを後にした。

博物館の正面玄関を施錠《せじょう》すると、坂間さんは「じゃあね」と手をあげて去っていった。

僕とコン太は二人そろって、真っ暗な博物館をじっと見つめる。

「むー、ずる。いなりさま、あった？」

僕の腕から抜け出し、自分の足で立ったコン太は、僕の手をぎゅうっと握りしめて、唇をとがらせる。

「会ったよ。コン太も会いたかったの？」

「あいたかったの！　ぎゅーって、してもらいたかったの！　こんた、いなりさまの、ぎゅー、すきなの！」

ぱんぱんにほっぺたを膨らませ、コン太は地団駄《じだんだ》を踏む。

「会えるよ。きっと。すぐに、また会える。たくさん願いごとを集めて、稲荷神さまを復活させよう」

「いなりさま、ふっかつ、させるのー！」

おーっと天に突き出されたコン太の拳に、こつんと拳をぶつける。

「がんばる、おー！」

愛らしい雄たけびをあげ、コン太はぴょこぴょこと飛び跳ねた。

もう二度と会えないかもしれない、と思ったコン太。そのちいさな手のひらをぎゅっと握りしめ、空を仰ぐ。

相変わらず、天の川は少しも見えそうにないけれど。夜空にひと筋、流れ星が見えたような気がした。

「むー、こんた、しゅわしゅわとあいす、たべたいのー」

ぎゅうっと僕の手を引っ張り、コン太が舌っ足らずにねだる。

聞きたくて、聞きたくてたまらなかった、コン太の声。

こうしてまた聞くことができて、たまらなくうれしい。

「クリームソーダ？　いいよ。もうフードトラックの厨房は片づけちゃったから、瑛士さんの店に行こう。まずはごはんだけどね。食後に最高においしいクリームソーダを作るよ」

「やったー！　しゅわっしゅわー、つめたいあいす、とろーりとろけるのー！」

ぴょんぴょんと飛び跳ねながら、コン太は謎の歌を歌い始める。

地面に二つ並んだ、僕とコン太の影が伸びる。

つなぎ合った手をぶらぶらと揺らしながら、僕らは博物館前の広場を後にした。

[謝辞]
・平塚市産業振興部商業観光課 西海豊さま
・平塚市博物館学芸員 塚田健さま
・平塚市漁業協同組合
・平塚のシイラプロジェクト関係者一同さま

本作品執筆にあたり、上記の皆さまに取材等、多大なご協力をいただきました。誠にありがとうございました！

コスミック文庫 α

笹《ささ》に願《ねが》いを！
～子ぎつね稲荷と『たなばたキッチン』はじめました～

2022年7月1日 初版発行

【著者】 遠坂《とおさか》カナレ
【発行人】 相澤 晃
【発行】 株式会社コスミック出版
〒154-0002 東京都世田谷区下馬 6-15-4
【お問い合わせ】 ―営業部― TEL 03(5432)7084 FAX 03(5432)7088
―編集部― TEL 03(5432)7086 FAX 03(5432)7090
【ホームページ】 http://www.cosmicpub.com/
【振替口座】 00110-8-611382
【印刷／製本】 中央精版印刷株式会社

ISBN978-4-7747-6393-4 C0193